Die Glückseligkeit des Himmels
Geschichten aus dem Leben

von
Katharina Kraemer

Ein ganzes Dutzend Kurzgeschichten aus dem Leben, denen der Tod und auch die Sehnsucht nach beidem nicht fremd sind.

Eine Enkelin als einsame Retterin in der Not, eine Selbstmörderin trifft ihren Widersacher. Der Leser begleitet vier Engel mit Leintuch bei der Arbeit ... und noch Vieles mehr. Findet sich himmlische Glückseligkeit da, wo man sie am wenigsten vermutet, oder doch auf Erden?

Ein Buch mit nachdenklich stimmenden, so doch humorvollen Geschichten für jeden Stundenschlag.

Katharina Kraemer

Geboren 1964, aufgewachsen am Niederrhein, lebt die Autorin mit ihrer Lebenspartnerin und zwei Hunden heute im Süden Ungarns.

Eine Vielzahl an Geschichten ist entstanden, mal nachdenklich, mal humorvoll.

Inzwischen sind vier Bücher erschienen, darunter zwei Kinderbücher – Oma Marthas Märchenbuch und Der Bläuling und die Wasserjungfer (Tiergeschichten) – sowie der autobiografischer Roman "Cabo da Roca - Fels der Entscheidung" und eine gute Handvoll Kurzgeschichten aus ihrer »neuen Heimat« Ungarn.

Die Glückseligkeit des Himmels

Geschichten aus dem Leben

Herstellung und Verlag:
BoD – Books on Demand, Norderstedt
ISBN: 9783744854467
Bibliografische Information der Deutschen Natio-
nalbibliothek: Die Deutsche Nationalbibliothek
verzeichnet diese Publikation in der Deutschen
Nationalbibliografie; detaillierte bibliografische
Daten sind im Internet über www.dnb.de abruf-
bar.
Coverbild: Andrea Minutillo
Korrektur und Lektorat: Andreas Desczyk

Geschichten aus dem Leben

Das Kleeblatt

Noch saß Einauge allein vor dem weißen Blatt Papier. Er wartete wie jeden Sonntag auf seine Mitstreiter: Papierflieger, Rotstift und Adlerauge. Papierflieger war stets redselig, aus Rotstift sprudelten geradezu tausend Ideen auf einmal und Adlerauge pickte immer die Krümel vom Tisch, die sie fallenließen, auf dass alles sauber blieb. Als Kleeblatt-Stammtisch waren sie nach allen Seiten berühmt und manchmal auch berüchtigt.

Als sich die Tür öffnete, sah Einauge erwartungsvoll auf, doch fremde Augen waren es, die fast mitleidig zu ihm sahen. Dann setzten sie sich an einen Tisch, manche mit einem guten Buch in der Hand, andere diskutierten erregt mit den Nachbarn über Gelesenes. Ihm blieb das verwehrt. Ungeduldig trommelten seine Finger wie auf einer Schreibmaschine auf der Tischplatte herum – tock, tock, tocktock ... Und immer wieder glaubte er, dass die anderen ebenso abwartend zu ihm sahen. Ohne seine Freunde war der Stammtisch einfach fad! Unser Held begann sich zu langweilen. Da ihm nichts anderes übrig blieb, schielte er neugierig auf die Lektüre seiner Nachbarn. Da ein Krimi, dort ein Liebesroman. Ein Anderer hielt ein Buch mit spannendem Cover in der Hand. Jener dort hinten im Eck las sicher etwas Geheimnisvolles; er hielt sein Buch unter dem Tisch versteckt. Und wieder andere setzten sich um einen Tisch und redeten mit wilden Händen, mancher winkte gelangweilt ab. Nur unser tragischer Held tat nichts von alledem. Er stierte auf das weiße Blatt vor sich.

Wenn seine Freunde nicht bald kämen, würde es leer bleiben. Er erinnerte sich an frühere Stammtische, an denen er mit ihnen angeregt um jedes Wort gefeilscht hatte. Das waren noch Zeiten gewesen! Papierflieger zauberte auf jedes Blatt kleine Kunstwerke, die Rotstift noch eigenwillig verzierte, ehe Adlerauge das Werk unter die Lupe nahm und alles herausfischte, was ihm mundete. Manchmal blieb ihm viel, ein anderes Mal weniger. Aber alle blickten am Ende zufrieden in die Runde. Dann traf ihr Blick erwartungsvoll auf den Freund.

»Was sagst du dazu? Magst du es haben?« Er überflog die Seiten, nickte und ließ sich nicht lumpen. »Diese Runde geht auf mich, Wirt!«

Gegen Abend, wenn sich die Terrasse leerte, die Nachbartische verwaisten, verließen auch die Stammtischler den heimeligen Ort, auf den Gesichtern Zufriedenheit und ein feines Lächeln.

Er erinnerte sich aber auch der letzten gemeinsamen Stunden. Er hätte es voraussehen müssen.

»Das hat ja so kommen müssen!«, raunte es vom Nachbartisch. Er sah auf und blickte in ein mitleidig lächelndes Augenpaar.

»Was habe ich damit zu schaffen?«

»Nichts, mein Freund, nichts«, kam es nachdenklich zurück. Die Nase senkte sich kopfschüttelnd zwischen die Seiten.

Inzwischen verließ mancher Gast die Gaststube, nicht ohne zum Abschied auf fast jeden Tisch zu trommeln, an dem noch jemand saß. An seinem Tisch kam keiner vorbei. Er blickte ihnen gedankenverloren nach.

Papierflieger, Rotstift und Adlerauge werden sicher nicht mehr kommen, dachte unser Freund wehmütig und knüllte das jungfräulich gebliebene Blatt zu einer festen Kugel. Er ließ sie in die Hosentasche gleiten, in der schon eine Handvoll Platz gefunden hatten. Da merkte unser Freund plötzlich auf. Stimmen kamen vom Nebentisch. Getuschel drang an seine Ohren. Eindeutig. Er wandte den Kopf. Doch, da saß niemand! Jetzt rief jemand empört: »Ich suche mir eben selber einen Verlag! Basta!«

Verwirrt rieb Einauge sich das Auge.

Das konnte nicht wahr sein! Denn einzig ein Stapel Papier lag auf der Bank. Unser Freund stutzte.

»Jawohl. Das mache ich!« Der Stapel raschelte erregt. »Und wenn es das Letzte ist, was ich tue!«

Unser Freund grinste belustigt. »Was soll denn das werden?«

Das oberste Blatt sah mit böser Miene zu ihm hoch. »Ach, du bist ja noch schlimmer! Lass mich bloß in Ruhe!«

»Ich will dir ja nichts, aber … Wenn du so plärrst, dass alle Welt es hört, wird man halt neugierig. Was ist denn passiert?«

»Ich weiß nicht, ob dich das interessiert. Angehen tut es dich sicher nichts.« Das Blatt stellte sich halb auf. »Aber, da du der Einzige bist, der mit mir spricht ... Nicht einmal die Verfasserin dieser Seiten interessiert sich mehr für uns.« Das Blatt wies mit einem Eselsohr auf seine Kollegen. »Nur, weil sie nicht genug Mut hat, liegen wir achtlos als vergessener Stapel in dieser Spelunke herum.«

»Wer sei Ihr denn?«

»Ich bin eine mehr oder weniger lose Sammlung von Geschichten. Eines von vielen Skripten, wenn dir das was sagt.«

Der Stapel beruhigte sich. »Wenn das so weitergeht, habe ich bald nicht nur diese blöden Eselsohren, sondern auch noch graue Haare – wie du. Wenn wir nur endlich einen schönen Platz fänden! Vielleicht sogar noch schön gebunden. Aber so«, der Stapel raschelte heftig, »so ist es nicht schön!«

»Das ist doch nur äußerlich, Freunde. Mir reicht es, wenn ich ein paar Blätter in der Hand rascheln höre.« Er strich tröstend ein Eselsohr glatt. »Darf ich?«

»Wie gern!«

Einauge nahm den Stapel und blätterte flüchtig durch. »Was haben wir denn da?«

»Das kitzelt!«

»Ich bin vorsichtig.«

Auf der ersten Seite war etwas handschriftlich vermerkt. »Wahrscheinlich von der Autorin«, murmelte er skeptisch. Durfte er das überhaupt lesen? Ach, das hat dich doch noch nie gestört. Er nahm die Augenklappe ab. Mit zwei Augen las er lieber.

»Du glaubst, ich habe nicht genug getan, dass du hier – wie du so schön sagst – nutzlos herumliegst. Das ist aber nicht wahr.«

Einauge hob verwundert die Brauen. Sollte das etwa an jemand Bestimmten gerichtet sein? Aber an wen? Vielleicht kam er der Antwort näher. Er las weiter.

»Wenn es nach den Leuten da draußen ginge, wärst du längst im Schredder gelandet, oder schlimmer noch: im Haifischbecken der Bezahl-Verlage. Also sei dankbar, dass ich dich nicht verscherbelt habe. So viele Skripte möchten Bücher werden, sie alle hecheln ihren Träumen hinterher, oder glauben sich am Ziel, wenn sie über einen

Dienstleister einen handfesten Beleg im eigenen Regal stehen haben. Sie kriegen Stielaugen, wenn sie ihre Position betrachten, als wäre sie ihr Herzton. Sei es drum, Freunde! Ich lasse euch hier liegen, vielleicht kommt jemand vorbei, der euch zu schätzen weiß. Ich kann nicht anders. Lebt wohl.«

Einauge kamen fast die Tränen. Er bekam sogar ein klein wenig ein schlechtes Gewissen. Bislang hatte er sich keine Gedanken darüber gemacht, wie Bücher entstanden. Er wollte sie nur lesen. Viele Male hatte er in Buchläden gestöbert und manchmal auch ein Buch gefunden, dass ihn interessierte. In der letzten Zeit allerdings war er dort nicht mehr gewesen.

»Bücher sind einfach zu teuer geworden. Das kann ich mir nicht mehr leisten«, hatte er Kopf schüttelnd festgestellt.

Dass er dennoch etwas zu lesen hatte, lag an Papierflieger und seinen Freunden vom Stammtisch. Sie versorgten ihn mit Lesestoff, denn auf sein Urteil waren sie gespannt. Er brauchte nur warten, bis die neue Geschichte fertig war.

Papierfliegers Geschichten hatte er immer gern gelesen, und sein Lob ließ das Gesicht des Schreiberlings strahlen. Nur Rotstift und Adlerauge hatten manchmal komisch geguckt. War es doch auch ihr Werk. Ohne ihre Unterstützung waren sie nur halb so schön.

Als es dunkelte, begann der Wirt die Tische abzuräumen und die Stühle hochzustellen. »Feierabend, mein Freund. Ich möchte kassieren.«

»Aber ich habe doch gar nichts konsumiert!«, empörte sich unser Freund.

»Nun, mein Lieber, du musst verstehen, ich hätte diesen Tisch gerne besetzt, ich musste sogar Kundschaft heimschicken, weil ich keinen Platz frei hatte. Und deine Freunde ...«, der Wirt wies stirnrunzelnd auf die leere Bank, »mir entging was. Und das zahlst du mir, das verstehst du doch, oder?«

»Wie käme ich dazu?«, empörte er sich und rückte die Lesebrille zurecht. »Was kann ich dafür, dass sie nicht gekommen sind? So sind dir aber auch keine weiteren Kosten entstanden, Wirt. Ich habe selbst noch eine Rechnung mit ihnen offen.«

Er erhob sich und ließ mit einem verächtlichen Seufzer ein paar Münzen auf den Tisch kullern.

»Da, mehr ist mir dieser Tag nicht wert.«

»Wenn du es sagst, mein Freund.« Der Unterton in der Stimme verhieß nichts Gutes. Der Wirt begleitete seinen Gast zur Tür und sah ihm wortlos nach.

Das Holzbein machte weithin hörbar tocktock, während Einauge mit gesenktem Kopf durch die verlassenen Straßen heimging. In der Hand raschelten seine neuen Freunde.

Der Admiral und die Lady

Es war einmal …

So fangen Märchen an, sinnierte Admiral König. Er saß auf dem Balkon seines Appartements in der altehrwürdigen Seniorenresidenz und hing den Gedanken nach. Er wartete auf Magda. Sie saßen am selben Tisch und verbrachten so manch vergnügliche Stunde zusammen. Sie rührte sein Männerherz. Ja, wenn er noch viel jünger wäre!

»Du siehst toll aus, Herr Admiral Henning König«, lachte sie oft, und ihr wirrer weißer Lockenkopf hüpfte auf den Schultern umher.

»Du hast dich aber auch hübsch zurechtgemacht. Das freut meine Augen, auch wenn sie nicht mehr so genau hinsehen können.«

Vor seinem geistigen Auge erstand ein wenig schmeichelhaftes Bild: Magda in Unterrock und Bettsocken. Das wäre ein Bild für die Götter! Ein Lächeln zierte das sonnengegerbte Gesicht mit dem weißen Vollbart. Die Orden an der Galauniform, die er nur sonntags trug, blitzten in der Vormittagssonne wie seine meerblauen Augen.

Es gefiel ihm hier. Der Charme der guten, alten Zeit wehte durch das Entree. Eine weite Treppe führte zur Galerie hinauf. Aus den Gesellschaftsräumen drang heiteres Gelächter, wenn sie beim Kartenspiel saßen oder sich Geschichten erzählten. Aus der Bibliothek oder dem angrenzenden Salon waberte der feine Duft einer Havanna oder einer mit edlem Tabak gefüllten Pfeife. Die höfisch anmutende Stimmung passte zu den Teppichen auf dem Marmorboden. Das Personal huschte Schatten gleich über die Flure. Das Anwesen mit dem hohen schmiedeeisernen Tor ließ nur selten einen Blick hinter die Mauern zu. Wenn zu einem Ball oder sonstigen Festlichkeit eingeladen war, betraten Gäste in festlicher Robe die Eingangshalle. Dann sah man Herren in Uniformen oder im glänzenden Smoking. Die Damen trugen Abendkleider und Schmuck, der für gewöhnlich in seinen Schatullen wartete. Admiral König hatte in den vergangenen Monaten gerne diese Bälle besucht. Er verfolgte dann auf den Gehstock gestützt in einem der Clubsessel mit auf und ab schwingenden Füßen die Walzer. Als junger Offizier hatte er so manchen Abend auf dem Parkett verbracht.

»Alter Kaffee!«, schmunzelte er, obwohl er noch immer eine gute Figur abgab. Das zumindest behauptete eifrig die holde Weiblichkeit, wenn er mit seinem Gehstock auftauchte. Das schmeichelte seinem Ego. Er genoss auch die neidvollen Blicke der Herren. Sie bildeten seine Bühne – wie in alten Zeiten. Er liebte die Rolle, die sie ihm zudachten. Auf manche Erfahrungen hätte er gern verzichtet, andere hatte er aber gern gemacht. Beide fesselten jetzt als markante Züge sein Gegenüber. Mit Fleiß und einer Portion Glück hatte er es zum Kapitän eines Kreuzfahrers gebracht. Das waren wilde Zeiten gewesen, abenteuerlich und auch ein wenig romantisch. Verheiratet war er nie gewesen, was ihn inzwischen wehmütig stimmte. »In meinem Alter findet der Sturm vielleicht im Wasserglas oder in nostalgisch anmutenden Träumen statt.«

Die Sonne kitzelte ihm die Augen. Er schloss die Lider und atmete den süßen Duft, den Magda stets ausströmte. Ihm war, als ob sie ihn rief. »Gut so. Gehen wir?« Er nahm den Gehstock in die Rechte und hakte sie galant ein. Sie verließen die Seniorenresidenz für einen Spaziergang durch den angrenzenden Stadtpark. Die bunten Kieselsteine knirschten unter den Schuhen. Der Gehstock machte ein regelmäßiges Tocktock und aus den Wipfeln uralter Bäume in hellem Grün zwitscherte es vielstimmig. Sie schlenderten um den Teich, in dessen Mitte eine Fontäne ihr Wasser in den strahlenden Himmel ergoss.

»Lass uns setzen«, flötete Magda. »Gerne.« Henning König ließ sich neben ihr nieder.

Was würde sie sagen, wenn er sie mit den Fingerspitzen berührte? Nie würde er das wagen! Er biss auf die Unterlippe. »Möchtest du vielleicht noch eine Runde drehen?«, fragte er aufgewühlt.

Sie zuckte zusammen wie ein ertapptes Mädchen und ihm entging die plötzliche Röte auf ihren Wangen nicht. »Ja, gerne, wir könnten doch in das Café am Eck gehen.«

Sie bogen in die Geschäftsstraße und saßen wenig später bei einem Stück Torte und Kaffee auf der Sonnenterrasse. Er genoss ihre Leichtigkeit, mit der sie ihn zu unterhalten verstand, sie gab ihm das Gefühl, etwas Besonderes zu sein. Er wusste, dass das Leben mit ihr nicht zimperlich umgegangen war, es hatte sie körperlich gebeugt. Einmal hatte sie sich ihm offenbart. Wenn er jetzt daran zurückdachte, ballten sich seine Fäuste.

•

»Er scheint das Klopfen nicht zu hören«, murmelte Magda ungeduldig, als sie in sein Zimmer trat. Sein Kopf lehnte im Sessel. »Henning, es ist Zeit fürs Mittagessen«, rief sie zum Balkon hinaus. »Du alter Seebär! Schläfst du etwa?« Geblendet von der Sonne folgte sie seinem stummen Blick hinaus. Dann legte sie ihre Hand auf die seine.

Bittersüß schmeckte ihr erster Kuss.

Johann

Johann trat unzufrieden vom Schreibpult zurück und ging hinüber in sein Schlafgemach. Er legte seufzend den Rock ab und seine knielangen Hosen über den Stuhl. Da erhaschte er einen Blick auf sein Konterfei im Spiegel über der Waschschüssel.

»Du siehst alt aus, mein Freund«, rief es ihm zu, »nicht mal vierzig, blass und an den Schläfen schon grau. Was ist bloß aus dir geworden? Eine Reise wird dir guttun. Du solltest auf Göschens Angebot eingehen und Urlaub machen. Italien ist im Herbst besonders schön.«

Johann nickte bedächtig und wenig erstaunt. »Vielleicht hast du recht«, antwortete er tonlos.

Seine administrative Tätigkeit auf dem herzoglichen Parkett war ihm lästig geworden, auch seiner Beziehung zu Christiane fehlte das Romantische, obwohl die Liebe doch groß war. Und die Poesie? Johann erinnerte sich an die Worte, die er seinem Namensvetter Johann Wilhelm Tischbein, der unter Freunden nur den Spitznamen Goethe-Tischbein trug, Jahre zuvor geschrieben hatte: Meine Schriftstellerei subordiniert sich dem Leben. Leider, fügte er in Gedanken hinzu, aber das muss ja nicht so bleiben.

Zu einer Reise durch Italien entschlossen, ließ Johann tags darauf durch seinen Sekretär beim Herzog Urlaub ankündigen und entkam inkognito mit der Postkutsche Richtung Süden. Ab Verona nahm er das Schiff nach Venedig, weil ihm die Kutsche nicht komfortabel genug war. Zudem kam er so schneller voran. Es drängte ihn fort.

Kaum abgelegt, bemerkte er zwei Mönche hinten beim Ruderstand. Sie mühten sich, die Fragen des Steuermannes zu verstehen, der immer wieder das Wort an sie richtete. Sie werden kaum Konversation machen können, schmunzelte er bei sich und gesellte sich zu ihnen.

Sie erklärten, weiter gen Rom reisen zu wollen, um nach dem Hohen Fest zu Ostern wieder kehrt zu machen. Zu ihrer wenigen Habe zählte eine Blechdose, in der sie Nähzeug für notwendige Reparaturen verwahrten, und eine Schüssel für Almosen. Beides hing am Gürtel der Kutte.

»Die Frömmigkeit in katholischen Landen ist eine recht eigenwillige. Sie behandeln uns oft wie Landstreicher«, schimpfte der Ältere. »Da sind wir bei Protestanten weitaus willkommener. Besonders die Frau eines Landgeistlichen in Schwaben ist uns wohl in Erinnerung. Sie überzeugte ihren widerstrebenden Mann, uns etwas zu essen zu geben. Diese Frau schließen wir seither täglich in unsere Gebete ein und bitten Gott, dass er ihre Augen öffne, wie er ihr Herz für uns geöffnet hat. Er möge sie, in den Schoß der alleinselig machenden Kirche aufnehmen. Und so hoffen wir, ihr im Paradies zu begegnen.«

Johann zweifelte, dass dies gelingen mochte. Mit einem freundlichen Lächeln dankte er den beiden Mönchen, ihm die Passage so kurzweilig gestaltet zu haben.

●

Über Venedig thronte die Sonne. Sein Blick ging aus dem Fenster seines noblen Quartiers auf den schmalen Kanal zwischen den hohen Häusern unweit des Markusplatzes. Der Duft des Südens füllte seine Lungen und befriedete sein Herz.

»Eine Zeit lang mag ich mir das trefflich vorstellen«, mutmaßte er, »nirgends fühlt man sich einsamer als im Gewimmel, hier kennt mich vielleicht nur ein Mensch, und der wird mir nicht gleich begegnen.«

Es drängte ihn hinaus.

Sein Mantel wehte lebhaft um die Beine, während er kurze Zeit später den Platz überquerte. Die herrschaftlichen Fassaden rahmten den freien Blick auf die Lagune. Er betrat die Terrasse einer Taverne und setzte sich an einen der Tische, die in der Sonne standen. Seine Gedanken folgten seinem Blick, der unstet alles um ihn herum aufnahm. Die Menschen auf dem Platz, die lichten Fassaden und das Glitzern der Sonnenstrahlen auf den Wassern.

Plötzlich wurde er aus seiner stillen Betrachtung gerissen. Ein Mann – wohl Franzose mit Pariser Zungenschlag – versuchte, mit ungelenken Worten, einen Kaffee zu bestellen.

Er scheint gut in den Fünfzigern, bemerkte Johann still amüsiert, ein Mann von sehr guter Lebensart, der aber nicht aus sich heraus kann. Er wandte sich lächelnd eine Verbeugung andeutend zu ihm und bestellte das Gewünschte bei der Bedienung.

»Entschuldigt, ich wollte nur behilflich sein.«

»Danke, Herr Geheimrat, für diesen Beistand«, erwiderte der Mann auf Deutsch. »Nun bin ich schon so lange hier und finde mich aber in der Sprache nur schwer zurecht.«

»Mich verwundert mehr, in der Fremde auf den Einen zutreffen, der mein Inkognito aufzuheben imstande ist.«

»Ach, das ist ja interessant, Herr Geheimrat. Sie sind in intimer Mission unterwegs?«

»Nicht direkt.« Johann zwinkerte. »Doch nun, wo wir uns kennengelernt haben, darf ich mich auf eine Plauderei zu Ihnen setzen?«

»Aber gerne, wenn ich Ihnen ein Getränk offerieren darf? Wie lange seid Ihr hier in Venedig, Herr Geheimrat? Ich werde morgen weiterreisen.«

»Eine Weile werde ich Land und Leuten hoffentlich ein Stück weit begegnen können. Gottseidank verstehe ich mich auf das Italienische.«

»Es scheint, dass Sie Ihre Zeit nicht verschwendet haben.«

Es erheiterte Johann, einen eingefleischten Versailler in der Fremde zu sehen, der reiste, ohne etwas außer sich gewahr zu werden. Dabei ist er in seiner Art ein recht gebildeter, wackrer, ordentlicher Mann, dachte er, ich trage das reiche, sonderbare, einzige Bild mit mir fort.

Als es dunkelte, verabschiedeten sich die beiden Männer freundschaftlich, und Johann hoffte, dass es nicht die einzige Begegnung mit Nachklang bliebe.

In den nächsten Tagen erkundete Johann die Stadt und ihre Bewohner, wie es seine Art war: wachsam auf kleine Dinge achtend. Die überall anzutreffende Langsamkeit mäßigte auch seinen preußisch-tugendhaften Herzschlag. Einzig eine Sache erzürnte ihn. »Sauberkeit ist nicht ihr Ding«, tadelte er still, als er über den allgegenwärtigen Unrat auf den Gassen und Wegen stieg.

Der Wind verwehte, was auf den Gassen zusammengekehrt wurde, und trieb es über die Kanäle der Lagune zu. Die eigens erbauten Rinnsteine verstopften, dass die Plätze bei nassem Wetter überschwemmten. Er konnte sich lebhaft vorstellen, wie die Menschen durch ihren eigenen Mist stiefelten. An schönen Tagen verblasste die Erinnerung an den Gestank und den Dreck.

»Wie wahr ist es gesagt: Das Publikum beklagt sich, dass es schlecht bedient sei, und weiß es nicht anzufangen, besser bedient zu werden.«

Er schritt auf eine Brücke zu, über die er dem Markusplatz entgegenkam. Nach wenigen Schritten erreichte er sein Quartier. »Heute mal mit sauberen Schuhen.«

Dem Portier wünschte er eine gute Nacht.

»Felicissima notte.«

Johann fiel ein, dass der Italiener das nur einmal am Abend sagt, wenn das Licht in das Zimmer gebracht wurde. Eigentlich meinen sie damit etwas ganz anderes, schmunzelte Johann in sich hinein. Ein eigenartiges Völkchen, diese Italiener.

Tage später saß er in der Oper an der Moseskirche, wo ein Ballettstück gegeben wurde. Doch das Ganze geriet zu einem Fiasko. Enttäuscht, ja fast verärgert, verließ er am Ende das Theater. Mit wehendem Mantelschößen lief er durch die abendlichen Gassen. »Es fehlt dem Poem, der Musik, den

Sängern eine innere Energie, welche allein eine solche Darstellung auf den höchsten Punkt treiben kann. Man konnte von keinem Teil sagen, er sei schlecht; aber nur die zwei Frauen ließen sich's angelegen sein, nicht sowohl gut zu agieren als sich zu produzieren und zu gefallen. Es sind zwei schöne Figuren, gute Stimmen, artige, muntere, gütliche Persönchen. Unter den Männern dagegen keine Spur von innerer Gewalt und Lust, dem Publikum etwas aufzuheften, sowie keine entschieden glänzende Stimme. Das Ballett, von elender Erfindung, ward im ganzen zu Recht ausgepfiffen. Einige Springer und Springerinnen jedoch, welche die Zuschauer mit jedem schönen Teil ihres Körpers bekannt zu machen vermochten, wurden besonders leidenschaftlich beklatscht.«

•

Es drängte ihn, seine Reise nach Rom fortzusetzen. Er würde bei seinem Freund Johann Wilhelm Tischbein Quartier beziehen – eine einfache Kammer, jedoch mit dem Komfort, den er sich wünschte.

Während der ersten Tage genoss er lange, einsame Spaziergänge, die einige Male mit einem Krug Wein in einem Gasthaus endeten. Zumeist trat er am späten Vormittag in Mantel und Hut gekleidet auf die Straße. Wohin heute? Er antwortete mit einem Schulterzucken, überquerte den Platz und bog in eine schmale Gasse ein. Handwerker und Händler boten unüberhörbar ihre Dienste und Waren feil, Laufburschen zogen schwer beladene Karren durch die Menge und Mägde trugen eilig Einkäufe vom Markt. Gut gelaunt warf er einem Bettler eine kleine Münze in den Hut. Dieser bedankte sich mit einem angedeuteten Bückling, während er sich auf seine Krücken stützte.

In einer Gasse entdeckte er eine unscheinbare Buchhandlung. Es ist lange her, dass ich geschrieben habe, die Lektüre eines guten Buches bringt mich vielleicht wieder an das Pult, ermutigte er sich.

Als er die Tür öffnete, empfing ihn ein helles Glöckchen.

»Guten Tag.« Johann trat an den mit Büchern beladenen Tisch des Händlers. »Ich suche etwas Bestimmtes, weiß aber nicht, ob ich es hier finde.«

Der Angesprochene hob den Blick vom Folianten vor sich, rückte seine Brille zurecht und betrachtete seinen vornehmen Kunden freundlich. »Ich kann nur mit Büchern dienen, mein Herr.«

»Nun ja, wie soll ich mich ausdrücken. Ich suche keine Bücher, ich suche Wörter.«

»Herr, hier stehen Hunderte Bücher, in denen ziemlich viele Wörter zu finden sind.« Der Buchhändler schmunzelte. »Schaut Euch um. Wenn ich Euch raten soll, lasst es mich wissen.«

Zwischen den mannshohen Regalen war gerade so viel Platz, dass Johann bequem an die Bücher reichte, ohne mit dem Rücken an das gegenüberliegende Regal zu stoßen. Es waren alte Schriften, handgeschriebene und gedruckte, manche lose, andere in feinstes Leder gebunden, der Buchdeckel mit goldener Schrift verziert. Ein paar deutsche Dramatiker in italienischer Übersetzung entdeckte er. Viele kannte er als Freund und Kollegen im Geiste persönlich. Eine ganze Weile streifte er umher, blieb ab und an stehen, nahm ein Buch und blätterte darin. Doch nichts sprang über.

»Wie um Himmels willen soll ich hierin finden, von dem ich nicht mal weiß?«, murmelte er und stellte das Buch, in dem er gerade geblättert hatte, resigniert zurück.

»Pst, Ihr weckt doch alle auf!«

Johann fuhr überrascht zusammen, als er die knochige Hand des Buchhändlers auf seinem Arm spürte.

Der Alte lächelte. »Es ist doch nur, dass sie vor Schreck aus den Büchern fliehen, und dann finden sie niemals wieder zurück an ihren Platz.«

»Entschuldigung, wer findet nicht mehr zurück?«, fragte Johann irritiert.

»Die Worte, mein Herr«, antwortete der Händler.

»Meine habe ich verloren, ohne dass sie jemand erschreckt hätte.«

»Das ist durchaus eine Tragödie, mein Herr. Weshalb glaubt Ihr die Worte verloren?«

»Das Leben, Meister, das Leben. Sie sind auf und davon. Ohne Worte bin ich nichts.«

»Verstehe.« Der Händler sah Johann plötzlich mit einem Glitzern in den stahlgrauen Augen an und wiegte sein Haupt. »Ich denke, ich habe da etwas für Euch. Wenn Ihr bitte hier warten wollt, ich bin gleich wieder zurück.«

Damit ließ er seinen Besucher stehen und kehrte Augenblicke später zurück. »Das Werk hier bringt Euch vielleicht die Sprache zurück. Der Autor ist der Beste dieser Zeit, nur leider hört und liest man kaum Neues von ihm.«

Er sah interessiert auf den Titel. Die Leiden des jungen Werther, stand auf dem Buchdeckel und darunter Johann Wolfgang von Goethe. Dass ihm der Händler sein eigenes Werk als Lektüre empfahl, belustigte und verwirrte ihn zugleich. Doch das Lob für den Schöpfer streichelte seine Seele.

Er trat mit dem Buch in der Hand an den Verkaufstisch und legte eine Goldmünze, ein Vielfaches des Kaufpreises, darauf.

»Gut, das nehme ich. Danke.« Johann verließ fast fluchtartig den Laden. Die helle Glocke erklang klar zum Abschied.

Der Händler sah ihm erstaunt nach und wand sich kopfschüttelnd wieder seiner Buchhaltung zu. »So etwas aber auch!«, murmelte er. »Nicht einmal das Wechselgeld wollte er haben.«

Johann sehnte sich nach nicht mehr als ein wenig Muße. Er beschloss, auf einen Wein in das Wirtshaus am Platz zu gehen. Dort saß es sich besonders kommod, wie er tags zuvor wohlwollend zu Kenntnis genommen hatte. An einem gut beleuchteten Tisch ließ er sich nieder. Dann vertiefte er sich in seine eigenen Worte.

Wie anders sie klingen, wenn ich sie hier lese, sie wirken wie aus einer früheren Zeit, einem fremden Leben. Dass ich mein eigenes Werk gekauft habe, ist vielleicht ein Zeichen, das meiner Reise einen Stempel aufdrückt. Ach, Johann, es drängt zu schreiben, aber die Worte wollen nicht fließen!

Da bot sich vor ihm plötzlich eine junge Frau dar, deren Kleider nur widerwillig die schlanken Rundungen verhüllten. Sie füllte lächelnd seinem Krug nach und tänzelte herausfordernd um ihn herum. Zu jeder anderen Gelegenheit hätte er das Liebesmädchen aufgefordert, sich zu entfernen. Doch sie berührte ihn, und er ließ sich auf einen Flirt ohne Worte mit ihr ein.

Johann fühlte sich wie neu geboren, als er spät das Gasthaus verließ, nicht ohne ihr zu bedeuten, dass er am nächsten Tage wiederkäme.

Die Dirne bediente ihn ebenso wortlos, wie er stumm ihrem Tanz zusah. In seinem Innern glimmte ein kleines Flämmchen auf, das er überrascht wahrnahm und sorgsam hütete.

Und eines Abends stand er, sehnsüchtig in die Finsternis über Rom blickend, am Pult. Wie von selbst folgte ein Wort dem anderen, und ehe er sich versah, lagen vor ihm ein paar Seiten Gedanken und Verse. Johann überflog das Geschriebene und musste schmunzeln. Im Geiste sah er ihre wehenden Röcke und hörte ihr glockenhelles Lachen.

•

In diesen vorwinterlichen Tagen fiel die Anspannung der letzten Jahre von ihm ab, mit jedem Tag fühlte er sich freier.

Die abendlichen Gespräche mit Tischbein und anderen Kollegen der deutschen Künstlerkolonie beflügelten ihn, so dass sie oft bis in die frühen Morgenstunden zusammensaßen. Er lebte sichtlich auf und spürte das Aufglimmen des literarischen Feuers in seiner Seele.

»Vielleicht kann ich bald neben den botanischen und architektonischen Studien lange brachliegende Schriften vollenden, Wilhelm«, meinte er eines Abends. »Dann hat sich Italien für Tasso und Iphigenie gelohnt«.

»Das sei dir zu wünschen, mein Freund.« Die Stirn seines Gastgebers legte sich grübelnd in Falten. Dann hellte sich seine Miene auf. »Ich habe eine Idee, Johann. Wie wäre es, wenn ich dich auf Leinwand banne? Ich kann es mir richtig vortrefflich ausmalen: Der große Dichter blickt auf die Ruinen der Campagna di Roma[1] das Schicksal menschlicher Werke bedenkend.«

»Ja, Wilhelm, wenn du meinst.«

Während der Maler ihn skizzierte, saß Johann gedankenversunken auf dem Sofa in Tischbeins Atelier. Er dachte an seine Tätigkeit für den Fürsten, die ihn nicht ausfüllte, und Christiane, die in ihm kaum noch das Feuer der Leidenschaft entfachen wollte. Auch Egmont und Faust riefen ihn vergeblich. Einzig die Begegnung mit dem Mädchen aus der Wirtschaft entlockte ihm ein träumerisch entrücktes Lächeln – und wenig später die ersten Zeilen seit Langem.

»Für heute ist Schluss, morgen ist auch noch ein Tag.« Tischbein legte den Zeichenstift beiseite und ein Tuch über das Bild. »Wenn es fertig ist, wird der große Johann Wolfgang von Goethe auf einem Felsen die Ruinen Roms betrachten, meinem Sinnbild für deine verlorenen Worte.«

»Ich freue mich darauf, es zu sehen.« Johann erhob sich steif und gähnte. »Für mich ist auch

---

[1] hügelige Umgebung Roms zwischen dem tyrrhenischen Meer und dem Apennin

Schluss, Wilhelm. Ich ziehe mich zurück.«

Goethes Besuche in der Buchhandlung ergaben kaum mehr Neues. Er gab dem Buchhändler ›Die Leiden des jungen Werther‹ zurück.

»Ein vortreffliches Buch, Meister. Ich kenne in der Tat jede Zeile, jedes Wort.«

»Wie das?«, fragte der Alte und zupfte verlegen an seiner Brille.

»Nun denn, ich habe es selbst geschrieben«, rutschte es Johann heraus.

»Entschuldigung, Herr Geheimrat von Goethe, das habe ich nicht ahnen können!«

»Pst, Meister, ich bin nicht hier!« Johann legte den Finger auf die Lippen. »Das muss niemand wissen.«

»Warum diese Heimlichkeiten, Herr Geheimrat?«

»Ich wollte nicht wegen meines Namens oder meiner Stellung hofiert werden.«

»Das kann ich nur zu gut verstehen, Herr von Goethe. Wer zu sich selbst finden will, bedarf keines Titels.«

»Sie scheinen den Sinn meiner Reise erkannt zu haben. Die Goldmünze dürfen Sie behalten.« Johann lüftete den Hut zum Gruß. »Auf Wiedersehen.«

Ihn erstaunte seine eigene Redseligkeit und dass er dem Buchhändler gegenüber sein Inkognito aufgegeben hatte. Die Tarnung schützte ihn und er konnte sich bewegen wie jedermann. Gerne mischte er sich unters Volk und genoss es, eben nur Johann zu sein.

Das neue Jahr hatte seine Fühler ausgestreckt.

Rom wurde ihm zu eng. Die Gespräche mit Tischbein und die Stadt mit ihren Reizen waren zwar anregend, aber Johann trieb es fort.

Seit er die ersten Zeilen wieder zu Papier gebracht hatte, drängte es ihn, die angefangenen Werke weiterzuschreiben.

»Dazu bedarf es allerdings einer spannungsvollen Umgebung. Ich erhoffe mir von Neapel und dem Vesuv einen Impuls, der wie seine Lava vielleicht neues Leben entstehen lässt.«

»Aber nicht, dass seine Asche den letzten Rest Inspiration zudeckt«, konterte Tischbein lachend. »Den römischen Karneval solltest du dir jedoch nicht entgehen lassen.«

»Sicher nicht«, gab Johann beschwingt zurück.

•

Die Vorboten des Spektakels tobten durch die Straßen Roms und überall befreiten sich brave Bürger lärmend von ihrem Ballast und ihren Rollen. In bunten Kostümen übernahmen sie die Herrschaft über Straßen und Märkte. Auch in den Wirtshäusern berauschten sich Harlekine, Pulcinells[1] und wilde Gesellen, elegante Herren tanzten um feine Damen. Aus einem einfachen Handwerker wurde ein Ritter, aus einer ehrbaren Dame eine Kurtisane. Ein gestandener Mann kleidete sich wie ein feines Mädchen und eine Magd wie ein finsterer Geselle. Wer wollte bei diesem Treiben unterscheiden, wer sich hinter den Masken verbarg?

Johann konnte sich den Sitten des Carneval di Roma nicht entziehen. Er überwand seine Zurückhaltung und ließ sich von den Bajazzos[2] mitreißen. Sie drängten sich in Marktfrauenkleider gehüllt auf einem geschmückten Wagen dem Korso zu.

»Was für ein Spektakel!«, rief er Wilhelm zu. »Welche Freude dabei zu sein!«

»Ja, Johann. Es gibt kaum etwas Schöneres als den römischen Karneval.«

»Und selten Lauteres und Lasterhafteres.« Johanns Wangen glühten unter der Maske. »Ach, ist das herrlich!«

»Komm, Johann!« Wilhelm sprang plötzlich vom Wagen. »Das letzte Stück laufen wir.«

Johann stolperte ein wenig über seine Kleider, als er ebenfalls vom fahrenden Karren sprang. Er holte seinen Freund bald ein. »Was soll das?«

»Von hier aus haben wir einen besseren Über-

---

[1] ursprünglich eine Figur des süditalienischen und neapolitanischen Volkstheaters.
[2] https://de.wikipedia.org/wiki/Bajazzo

blick, wenn das Rennen beginnt!« Wilhelm zog sich auf eine Art Mauersims, auf dem schon ungezählte Römer in allerlei Kostümen feierten.

»Was für ein Rennen?«, fragte Johann.

»Das Pferderennen, mein Freund!«, rief Wilhelm ihm ausgelassen zu. »Das siegreiche Ross gewinnt einen Preis, doch bis dahin versucht ein jeder, seinem einen Vorteil zu verschaffen. Ist der Sieger gekürt, ist das Spektakel zu Ende.«

»Ist das nicht gefährlich?«, fragte Johann besorgt.

»Ja. Trotzdem will keiner auf dieses Rennen verzichten. Schau nur, es geht los!«

Johann beobachtete zahlreiche Stallburschen, die kaum ihre Rösser im Zaum zu halten vermochten, bis das Seil fiel und die mit Rauschgold behängten und in weiße Gewänder gehüllten Pferde mit ihren Rittern losstürmten.

»Bin ich froh, dass wir hier oben in Sicherheit sind. Aber ein tolles Schauspiel ist es allemal.«

»Du hättest viel verpasst, wären wir schon aufgebrochen, Johann.«

Wilhelm sprang nach dem Ende des Rennens von der Mauer. »Komm, lass uns heimgehen. Das Fest ist aus.«

»Ja, es ist genug der Narretei, mein Freund.« Johann folgte ihm durch die sich auflösende Menge und freute sich auf ein paar Stunden seliger Ruhe. »Aschermittwoch machen wir uns auf nach Neapel, doch nun brauche ich erst einmal eine Mütze Schlaf, all die Eindrücke zu sortieren. Gute Nacht.«

●

Johann lehnte sich in seinem Stuhl zurück und blickte zufrieden über den weiten Platz zur Franziskus-Kirche in Neapel, wohin sie gemeinsam gefahren waren. Wilhelm ließ sich einen Roten vor einem Wirtshaus in der Sonne munden. »Hier lässt es sich vortrefflich aushalten.«

»Ja, mein Freund.« Johann wies auf den in grauem Dunst liegenden Vesuv, dessen letzter Ausbruch gerade ein paar Monate her war. Es schien, als schliefe er, um neue Kraft zu tanken. »Davon erhoffe ich mir neue Impulse, die vielleicht wie seine Lava emporsteigen und neues Leben in meinen Gedanken entstehen lassen können. Noch liegt ein weißes Blatt vor mir. Es harrt der schwarzen Tinte, die Feder ruht in meiner Hand. Höre die Spatzen, mein Freund. Sie pfeifen es von den Dächern: Goethe sucht immer noch seine Worte zur Farbenlehre und was es sonst so Belehrbares geben kann.«

»Es wird die Zeit kommen, Johann, da deine Wortgewalt wieder überquillt. Rom ist nicht an einem Tag gebaut worden, wie auch Neapel sich Zeit gelassen hat. Nur Geduld.«

»Du hast ja recht, Wilhelm. Meine Gedanken vagabundieren, sie finden einfach keine Ruhe. Wie der Vesuvio.«

»Alles hat seine Zeit. Schau Dir die Tauben an, sie scheren sich um nichts. Und auch die Kinder leben den Moment«, meinte Wilhelm und wies auf die überall flatternden und gurrenden Vögel, die sich lautstark um Brosamen stritten. Eine Kinderschar wärmte ihre Hände am Boden. Ein bizarrer Anblick, fand Johann.

»Doch vor der Schmiede nichts Ungewöhnliches«, belehrte ihn Wilhelm. »Der Meister legt einen eisernen Wagenreif auf den Boden und entzündet auf ihm Eichenspäne. Das entzündete Holz brannte ab, die erhitzte Schiene wird ums Rad gelegt und die Asche sorgfältig weggekehrt. Die verbleibende Wärme benutzen die kleinen Huronen bis zum letzten warmen Hauch.«

»Was hältst du davon, dem Alten einen Besuch abzustatten?« Johann wies auf den Vesuv. »Noch gestern war der alte Mann chimärenhaft verhangen. Die Stadt und auch das Grün der Felder sind sogar noch aschgrau seit dem letzten Ausbruch, obwohl der schon Monate zurückliegt.«

»Da bin ich gerne mit von der Partie! Sieh, Johann, auch das Meer hat fast sein glänzendes azurblau zurückerhalten«, rief Tischbein erfreut. »Vielleicht male ich ihn später. Er gäbe ein treffliches Motiv ab.«

Der Tag war gut, es war nicht zu kühl. Mithilfe zweier Führer erklommen sie die felsigen Hänge. Tischbein wies mit einem bangen Blick zu den aus dem Krater aufsteigenden Rauchwolken.

»Der Alte tut dir nichts«, lachte Johann.

»Wer weiß, was uns blüht? Nein, ich bleibe mit dem älteren Führer hier. Du magst gerne mit dem Jüngeren hinaufgehen. Mich drängt es nicht, in seinen Schlund zu blicken.«

»Wie du willst, aber glaube mir, du verpasst sicher das Beste.« Johann wollte sich nicht abhalten lassen.

Nachdem der alte Herr seit Tagen Glut und Asche in reichlich zählbarem Abstand auf die Erde gespien hatte, warteten Johann und sein Begleiter den nächsten Auswurf ab, um dann den Aufstieg zu wagen.

Der Weg war nicht gut, aber es dürstete ihn nach dem Abenteuer, der Finsternis ins Herz zu blicken und dabei dessen Magie zu ergründen. Mit einem Male grollte es fürchterlich und im nächsten Moment ergoss sich über Johann und seinen Begleiter ein steiniger Ascheregen. Mit reichlich Mühe stolperten gerade noch rechtzeitig hinter einen felsigen Vorsprung unterhalb des Kraterrandes, ehe die größten Brocken der Schwerkraft gehorchten und neben ihnen den Hang hinunterrollten. Mit jedem Augenblick schrumpften die Lavabrocken zu kleineren Geschossen, die an ihren Ohren vorbei zischten. Als das Inferno geendet hatte, machten sie, dass sie hinunterkamen.

»Tischbein, du hast das Beste verpasst – den Kitzel, den solch ein Anblick für einen künstlerischen Geist haben kann.«

»Hat Euch der Vesuv nicht haben wollen, so trinkt wenigstens einen Schluck auf ihn.« Wilhelm reichte Johann süffisant grinsend einen Krug Wein. »Dafür habe ich das Leben zu gern, als dass ich dafür selbiges riskierte.«

Abends saßen sie in stiller Betrachtung auf dem Balkon. Die Bilder dieses denkwürdigen Ausflugs füllten die innere Leinwand. Eine leise Trauer überkam Johann. »So gern ich weiter die Steine und die Flora am Vesuv erkundet hätte, noch einmal würde ich mein Schicksal nicht herausfordern.«

»Vedi Napoli e poi muori.« Wilhelm leerte seinen Krug in einem Zug. »Sieh Neapel und stirb!«

Johann ergänzte: »Heute sicher nicht. Palermo wartet.«

»Ich werde hierbleiben. Vielleicht küsst mich die Muse doch noch, dann wäre ich am falschen Platz. Es gilt noch so viel hier zu sehen, das ich nicht missen will. Du magst gerne deine Reise fortsetzen.«

»Nun, wenn ich dich nicht umstimmen kann, dann fahre ich allein weiter.«

•

»Palermo ist so ganz anders als alle Orte Italiens, die ich bislang bereist habe«, schrieb Johann in sein Tagebuch. Seit Tagen durchstreifte er Palermo und die sizilianische Natur. »Waren sonst die Städte und Dörfer reinlich gehalten, was mein Auge sehr gefreut hat, stiefelte ich heute – bei auflandigem Wind - durch Unrat, dass ich nicht an mich halten konnte und einem Händler, der seinen Dreck noch dazu gefegt hatte, zurief: Bei allen Heiligen, sagt mir, woher kommt die Unreinlichkeit eurer Stadt, und ist derselben denn nicht abzuhelfen? Diese Straße wetteifert an Länge und Schönheit mit dem Corso zu Rom. An beiden Seiten Schrittsteine, die jeder Laden- und Werkstattbesitzer mit unablässigem Kehren reinlich hält, indem er alles in die Mitte hinunter schiebt, welche dadurch nur immer unreinlicher wird und euch mit jedem Windshauch den Unrat zurücksendet, den ihr der Gasse zugewiesen habt. In Neapel tragen geschäftige Esel das Kehricht nach Gärten und Feldern, sollte denn bei euch nicht irgendeine ähnliche Einrichtung entstehen oder getroffen werden? Ein Mann stützte sich auf seinen Besen. »Es ist bei uns nun einmal, wie es ist, was wir aus dem Hause werfen, verfault gleich vor der Türe übereinander. Ihr seht hier Schichten von Stroh und Rohr, von Küchenabgängen und allerlei Unrat, das trocknet zusammen und kehrt als Staub zu uns zurück. Gegen den wehren wir uns den ganzen Tag. Aber seht, unsere schönen, geschäftigen, niedlichen Besen vermehren, zuletzt abgestumpft, nur den Unrat vor unsern Häusern.«

Johann schüttelte den Kopf. Da sehne ich mich ja zurück in heimische Gefilde. Doch eilig hatte er es nicht mit dem Heimweg. Er wollte noch so viel sehen und erleben.

Palermo lockte mit frühlingshaftem Wetter.

Er nutzte den ersten schönen Tag, um sich den Monte Pellegrino anzusehen. Dort wartete neben dem beeindruckenden Felsmassiv die berühmte Grotte der heiligen Rosalie.

Er unterhielt sich mit einem der Priester, die am Andachtsort für die Wallfahrer Messen zum Trost und Schutz vor der Pest abhielten. Der Priester wies auf einen Altar, der links in der Höhle stand.

»Er ist ein besonderes Heiligtum. Ein Gebet vermag nicht nur den Körper zu heilen, auch die Seele wird von ihrer Last befreit.«

Johann sah Licht durch die Öffnungen eines großen, aus Messing getriebenen Laubwerks unter dem Altar hervorschimmern. Er kniete ganz nahe davor hin und sah durch ein Gitterwerk von feinem geflochtenem Messingdraht ein schönes Frauenzimmer im Schein einiger stiller Lampen. Sie lag wie lebend, die Augen halb geschlossen, den Kopf nachlässig auf die rechte Hand gelegt, die mit vielen Ringen geschmückt war. Ihr Gewand war aus vergoldeten Blech getrieben, das einen reich von Gold gewirkten Stoff gar gut nachahmte. Kopf und Hände waren von weißem Marmor, natürlich und gefällig gearbeitet, dass er glaubte, sie müsste Atem holen und sich bewegen. Ein kleiner Engel stand neben ihr und wehte ihr mit einem Lilienstängel Kühlung zu. Rosalie. Er konnte sich nicht sattsehen; sie rührte ihn in besonderer Weise.

Sie erinnerte ihn an Christiane, die ihm ein wenig das Herz schwermachte. Sie hatte durch ihre Art schließlich ein Stück weit auch zu dieser Reise geführt. Dass er hier saß und im Anblick dieses schönen Frauenzimmers an sie denken musste, trieb ihm Tränen der Rührung in die Augen und ließ sein Herz schwer werden. Die Leidenschaft und die Magie, die aus der blechernen Rosalie sprachen, war so viel wärmer als die Liebe, die ihn mit Christiane verband. Doch Rosalie fehlte etwas, das einzig Christiane zu geben vermochte. Sie war aus Fleisch und Blut.

»Ach, mein Freund Friedrich, ich kann nicht anders«, schrieb er später in einem Brief. »Mein Blut ist in Wallung in diesem Moment, in dem ich Dir meine Sehnsüchte schreibe. Sie sollen meinem weiteren Weg nicht belasten. Rosalies Gebeine liegen unter Stein begraben, Christiane hingegen ist lebendig. Doch sie sind so verschieden in ihrem Wesen und Wirken. Rosalie befreite Palermo von der Pest, Christiane engt mich nur ein mit ihrem Wunsch, einen Pantoffelhelden aus mir zu machen, damit ich meine Abende nicht mehr in anregender Gesellschaft verbringen darf. Dazu soll ich dem Fürsten sein Geschäft richten und reichlich Alimente geben. Nein, Friedrich, mein Freund, das ist eines Goethe nicht würdig!

Ich fürchte, mich um meine Passionen nicht mehr sorgen zu können. Am Schreiben und Lehren hängt mein großes Glück. Italien hält für mich viel Schönes parat, ich lerne viel Neues, dass ich nur aus Berichten meines Vaters kannte. Es selbst zu erfahren im wahrsten Sinne des Wortes belebt mich und lässt mich vielleicht später die eine oder andere Schrift vollenden. Ich werde in den nächsten Tagen nach Rom aufbrechen und dort noch eine Weile verbringen. Nicht zuletzt bietet Italien mit seinen unbeschreiblich bunten Farben die Denkanstöße, die es braucht, dass ich meine große Farbenlehre zu Ende bringen kann. Ich will nicht enden wie mein verehrter junger Werther, das Werk, dass mir dereinst ein alter Buchhändler in Rom als Lektüre empfahl. Mein größter Wunsch: Dass diese Reise mich meinem Wort wieder näher bringt und damit vielleicht auch Christiane. Friedrich, hier schließe ich meinen Brief. Verwahre mein

Gewissen, schlafe wohl, wie ich über meine Worte schlafen werde.«

Seine Reise durch Italien neigte sich dem Ende zu. Er blickte vom Pult aus über die nächtlichen Dächer Roms. Viel Zeit hatte er in Göschens Haus verbracht, vor allem mit so manchen Stücken, die darauf brannten, vollendet zu werden. Er fühlte sich, trotz der oft beschwerlichen Bedingungen, erholt.

Es war sein letzter Abend im Hause Tischbeins. Zwei Jahre waren vergangen, seit er Deutschland den Rücken gekehrt hatte. Doch nun drängte es ihn heim. Sein Gastgeber weilte gerade in Neapel. Doch Johann wollte nicht ohne einen letzten Gruß an den Freund fahren. Dafür wirkten die gemeinsamen Erlebnisse zu tief.

»Das Inkognito hatte etwas für sich, Wilhelm. Es machte meine Reise zu etwas Besonderem. Ich habe mein Ziel erreicht. Die Harmonie unserer Gespräche, das Streiten um die rechte Haltung und die überstandenen Abenteuer zu Wasser und zu Lande lehrten mich, Vertrauen in mich selbst zu fassen. Ich weiß nunmehr, dass ich nicht malen kann wie Du mit Pinsel und Töpfchen voller Farben dieser Welt, und wenn Du gerade nicht die richtige findest, mischst Du sie Dir eben. Das kann ich nicht, so sehr ich mich auch darin habe versuchen wollen. Deine Staffelei ist mein Pult. Mir sind

Feder und Tinte weit näher. Da kann ich all meine Sehnsüchte artikulieren, weit über den Horizont hinaus blickend Welten erschaffen, die im Leser ein eigenes Zeugnis ablegen. Oder es mir einfach nur von der Seele schreiben. Es macht wieder Freude, unter meinen Händen Altes zu vollenden und Neues entstehen zu lassen. Das ist es, wofür zu leben für mich lohnt. Mein Reisegepäck hat Gewicht hinzugewonnen, ich bin ich ein gutes Stück weitergekommen. Ich blicke auf einen ganzen Stapel Papier, das mein Bündel füllt.

Hier in Italien war ich dem Himmel so nah wie noch nie, er hat mich die Magie des Lebens gelehrt. Ich bin befreit von der Last, die mich die Feder liegenlassen hatte. Sie löste sich in azurblauer Tinte. Ein Abenteuer, ein Spiel. In der Ferne rufen Pflicht und Kür. Der Fürst braucht mich und ich brauche Christiane. So ist es denn Zeit zu gehen, ich schiebe den Hocker unter den Tisch und begebe ich mich die Rolle des Fürstendieners und des Pantoffelhelden meiner lieben Christiane. Bleibe mir gewogen, Wilhelm, Dein treuer Freund Johann Wolfgang von Goethe.«

Wenig später lag Rom friedlich zu Füßen des Capitols. Johann träumte sich, eng umschlungen mit der Kurtisane in paradiesische Zustände, feilschte mit dem Buchhändler um seine Werke und sah sich wie Phönix der Asche dem Vesuv entsteigen.

Rosalies metallener Schimmer legte sich vor das warm lächelnde Antlitz Christianes, er hörte sie mit sanfter Stimme nach ihm rufen. »Ich komme, Christiane. Ganz bald bin ich bei dir«, rief er dem Traumbild zu.

Die frische Tinte auf seinem Blatt Papier trocknete in den ersten Sonnenstrahlen des neuen Morgens. Die Welt hatte ihren größten Dichterfürsten wieder.

Herbstzeitlose

Er sah hinaus zum schwindenden Tag. Der Sommer neigte sich dem Ende zu. Wenn er den Kopf hob, konnte er von seinem Bett aus den Himmel und die golden glitzernden Äste der Birke vor seinem Fenster sehen. Das hatte ihm in den letzten Monaten gutgetan; hinausschauen und seine Gedanken fliegen lassen.

»Wie schön das aussieht«, flüsterte er.

Seine Stimme wirkte brüchig, das Sprechen strengte ihn an. »Die Blätter sehen aus wie kleine Sterne.«

»Das ist wirklich schön.« Sie folgte seinem Blick. »Brauchst du noch was?«

»Nein, mein Kleines. Geh nur, Monika. Er ließ sich in sein Kissen fallen und atmete tief durch. Nach und nach wurde er ruhiger. Seine Enkelin zauberte ihm ein Lächeln auf das faltige, blasse Gesicht. Wenn er sie nicht hätte! Sie war alles für ihn, seit er hier lag, und nur noch seine Gedanken spazieren gehen konnten.

»Kommst du morgen?«

»Natürlich. Wie jeden Tag.« Sie strich ihm zärtlich über die alte, stoppelige Wange. »Morgen rasiere ich dich.«

»Das ist schön. Schließlich …«, ein heftiger Hustenanfall schüttelte ihn.

»Rede nicht so, Opa. Das mag ich nicht.«

»Denkst du an die Flasche?«

Sie spürte den Kloß und zuckte zusammen, natürlich dachte sie daran! Die ganze Zeit war die Flasche in ihren Gedanken. Morgen? Schon? Wirklich?«

Er lächelte sie an »Schau mir in die Augen, Kleines.« Sein Blick war so klar wie selten in der letzten Zeit. Sie wusste, er meinte es ernst. »Morgen und jetzt geh. Ich bin müde. Vergiss das Fläschchen nicht.«

Monika hauchte ihm einen Kuss auf die Stirn und erhob sich. An der Tür drehte sie sich noch einmal um. »Auf Wiedersehen, Opa.«

Da hörte sie im Radio, das auf dem Gang die Stille verscheuchen sollte: You must remember this, a kiss is still a kiss, a sigh is just a sigh. The fundamental things apply, as time goes by.

Die ganze Sache war ihr nicht geheuer. Das alles wuchs ihr über den Kopf. Auf was hatte sie sich da eingelassen? Es war ein großes Wagnis, doch er hatte sie um Hilfe gebeten! Er hatte sie aufgefordert, ihm zu helfen! Und sie? Sie hatte erst gebettelt und geweint, dann hatte sie gefleht, er möge ihr diese Last nicht aufbürden. Das sei egoistisch, hatte sie ihm gesagt, das könnte er nicht von ihr verlangen! Und er hatte geantwortet: Ich habe nur dich, du musst mir helfen! Ich will nicht elend verrecken! Jeden Tag hatte er davon gesprochen. Und jedes Mal hatte sie versucht, ihn davon abzubringen. Sie meinte, dass jede Hilfe eine Grenze habe. Und das man dem Schicksal nicht mit einem Becher entfliehen dürfe. Für sie war gerade das die Gretchenfrage: Durfte sie ihn bei seinem Vorhaben unterstützen? Machte sie sich strafbar, wenn sie ihm half? Dann hatte sie ihm gesagt, dass sie das nicht könnte. Sie versuchte es mit Alibis, Ausreden und Argumenten, denen sie anmerkte, wie blöd sie klangen. Er hatte nicht aufgegeben, sie zu bedrängen. Er hatte ihr gesagt, dass er das wolle, weil er das Leben nicht mehr wolle, zu dem er gezwungen sei. Er wisse, was da noch komme, und genau das wollte er eben nicht. Die Ärzte hatten diesen alten Mann längst aufgegeben. Sie hatten ihm gesagt, dass er einmal nicht mehr atmen und ersticken würde, im schlimmsten Fall an seinem eigenen Blut. Und zu allem Überfluss war er seit Monaten an dieses Bett gefesselt, geschüttelt von Krämpfen und Schmerzen. Die Ärzte hatten dafür nicht viel mehr als ein Achselzucken, schien ihm. Da war in ihm der Entschluss gereift, sich davor zu bewahren. Er wollte gehen, wenn er noch bei Verstand war, und selbst entscheiden, wann er aufhörte zu atmen.

Vor einigen Wochen hatte sie sich dann das Versprechen abringen lassen. Wie schwer ihr das gefallen war! Wie erleichtert sie ab diesem Moment war! Er wollte es so, sagte sie sich, dann konnte es nicht ihr angelastet werden. Sie hatte sich im Internet schlau gemacht, hatte Bücher gelesen. Dann hatte sie anonym eine kleine Flasche von dem Zeug, wie sie es nannte, bestellt. Das war dann vor ein paar Tagen mit der Post gekommen. Keine komischen Fragen, nur eine Rechnung. Sie hatte sie bezahlt, ohne zu zögern, per Zahlschein bei der Post. Somit war der erste Schritt getan. Ihr Gewissen beruhigte sich und sie tat, was immer er von ihr wollte.

Er hatte ihr alle Freiheiten gegeben, hatte ihr geholfen, die Briefe zu schreiben, die nötig waren. Alles war geklärt, in trockenen Tüchern, wie er es ausgedrückt hatte. Und sie folgte ihm. Sie glaubte, dass sie damit zurechtkommen würde. Es war sein freier Wille, sein Schicksal selber zu bestimmen. Sie war sein verlängerter Arm, seine Beine und seine Hand. Mehr nicht.

Sie liebte ihren Großvater, den einzigen Menschen, den sie noch hatte. Er hatte ihr gesagt, dass es ihr Geheimnis bleiben sollte, weil sonst zu viel schief gehen könne. Sie musste schweigen, damit er seinen Weg gehen konnte. In der ersten Zeit war ihr das schwergefallen, aber jeder Tag, an dem nichts weiter passierte, nahm ihr den Schrecken. Und nun tat sie wie eine Marionette, was er wollte. Heute, als er die Flasche ansprach, war es, als hätte er um eine Flasche Wein gebeten. Es hatte einen kleinen Stich in der Brust gegeben, einen kurzen Moment der Schwäche. Aber das war schon alles gewesen.

•

Er drehte sich mühsam auf die Seite und blickte in den Abend hinaus. Der Rücken tat weh; die Wirkung der Spritze hatte noch nicht eingesetzt. Er hustete Blut und wischte es mit einem der vielen Tücher ab, die auf dem Nachttisch bereitlagen.

Morgen, dachte er, morgen ist der Spuk vorbei, dann hat alles ein Ende. Bei dem Gedanken wurde ihm warm. Monika würde alles richtig machen. In den letzten Wochen hatte er alles durchdacht, aufgeschrieben und lange mit ihr besprochen. Sie brauchte sich nicht zu fürchten; er hatte für alles gesorgt. Und morgen hatte er alles selbst in der Hand. Er wusste, dass nichts schief gehen konnte.

In der Nachttischschublade lag ein großer Umschlag, versiegelt und adressiert an seinen Anwalt. Darin waren sein Testament und eine Erklärung, falls sein Vorhaben eine unerwünschte Wendung nahm. Ein Scheck für die Beerdigung und Anweisungen für das Unternehmen, das er vor langer Zeit ausgesucht hatte, lagen darin. Er wollte das so und nicht anders. Viel zu lange lag er hier in diesem Bett, in diesem Zimmer, von der Welt da draußen vergessen. Monika hatte ihn bislang jeden Tag besucht. Und dann lag da noch ein weiterer Umschlag – für sie. Darin waren alle wichtigen Adressen und Namen, alle wichtigen Dokumente. Er hatte sie mit ihrer Hilfe fertiggestellt.

Sie brauchte diese Briefe nur noch abschicken. Sie sollte es so leicht wie möglich haben. Er hatte ihr alles zugeschrieben; sie konnte das Geld gut brauchen. Es war ein erkleckliches Sümmchen, das für manche Dinge ausreichte. Er wusste um ihren Wunsch, ein eigenes Häuschen mit Garten zu haben, dafür sollte es reichen. Und dann war da noch die Schatulle, in der er sein Leben, seine Andenken verwahrte. Diese würde er ihr morgen geben. Und dann würde er … Erschöpft und betäubt von der abendlichen Morphiumspritze schlief er endlich ein.

Der nächste Morgen erwachte mit Vogelgezwitscher. Durch das halb geöffnete Fenster drangen die spät sommerlichen Düfte. Er hatte gut geschlafen, war nur ein paar Mal wachgeworden, weil er keine Luft bekam. Das ist ein guter Tag, dachte er wehmütig. Die Birke bewegte ihre feinen Äste im Wind, die Vögel zwitscherten in den Tag und der Morgennebel, der in den letzten Tagen häufiger geworden war, verhüllte den Ausblick. Ein paar Sonnenstrahlen stahlen sich durch den Dunst.

Niemand ahnte, was sich hinter dieser Tür abgespielte. Als sein Anwalt eines Tages aufgetaucht war, war das normal erschienen. Es kam vor, dass Bewohner ihre Angelegenheiten selbst regelten. Das war vor ein paar Tagen gewesen. Er hatte den Termin organisiert.

Nach der Morgentoilette setzten sie ihn auf und wenig später saß er von Kissen gestützt vor dem Frühstückstablett. Viel Hunger hatte er nicht; er trank seinen Kaffee und aß ein halbes Brot.

Die Putzfrau, eine rundliche Polin mit lachenden Augen, kam herein. »Guten Morgen. Ich machen sauber, ja?« Sie wischte mit einem feuchten Lappen über die Fensterbank, sein Nachtschränkchen und summte.

»Du bist gut gelaunt?«, fragte er.

»Ja, doch, ich gerne arbeiten.« Sie huschte ins Bad, und er hörte das Wasser laufen. »So eine schöne Tag.«

»Das ist wahr«, sagte er leise.

Zum Schluss fuhr sie mit dem Wischer durch das Zimmer und verschwand singend zur Tür hinaus. Und er war wieder mit seinem Frühstück allein.

•

Monika stieg vor dem Pflegeheim aus, nahm ihre Tasche und ging auf das Portal zu. In ihrem Kopf schwirrten die Gedanken hin und her. Ihre Finger krallten sich an ihrer Tasche fest, in der das Fläschchen war. Wie sollte das bloß enden? Hoffentlich ging alles gut. Auf dem Beipackzettel stand, dass eine bestimmte Menge zum Tode führte, und allerhand weitere Dinge, die sie nicht wissen wollte. Sie hatte sich die Dosis eingeprägt. Sie würde unbemerkt im Bad die Tropfen in seinen Becher geben, das Fläschchen in ihrer Tasche verstauen und ihm den Becher bringen, als habe sie nur Leitungswasser geholt. Dann würde er den Becher leeren, sie würde ihn ausspülen und in ihre Tasche stecken. Da das Gift eine ganze Weile brauchte, um seine Wirkung zu entfalten, wäre sie zuhause, wenn …

So hatte er entschieden.

Mit wackligen Knien und einem kleinen Lächeln im Gesicht ging sie am Schwesternzimmer vorbei. Dann öffnete sie wie gewohnt die Tür zu seinem Zimmer.

»Hallo, mein Kind.« Seine Stimme war fest. »Hast du alles dabei?«

»Hallo, Opa«, sagte sie betont beiläufig. »Ja, ich habe an alles gedacht. Willst du das wirklich?«

»Ja. Mach dir keine Sorgen.« Er erwiderte ihren

Blick. »Heute ist ein schöner Tag.«

»Na ja, es zieht Nebel auf.« Sie schaute hinaus. Ihre Nervosität wuchs mit jedem Augenblick. »Soll ich dich jetzt rasieren?«

»Das hat noch Zeit, später.« Er schüttelte den Kopf. »Komm, Monika, setz dich zu mir.«

Wenn er Monika sagte, dann musste es wichtig sein. Sie stellte die Tasche ab und zog sich den Stuhl an seine Seite. »Was ist denn, Opa?«

Er hatte die Schatulle auf dem Bett neben sich. »Diese Schatulle ist mein Leben, Monika. Schau mal rein.«

»Was ist das alles?« Sie griff sich eine abgewetzte Kladde.

»Das ist mein Tagebuch. Da sind noch mehr drin. Die sind für dich.«

»Das geht … «, wollte sie sagen.

»Doch. Es ist noch mehr drin.« Er nahm ein kleines Kästchen heraus. »Hier ist die Perlenkette, die ich deiner Oma zu unserer Verlobung geschenkt habe. Sie gehört jetzt dir!«

»Das kann ich nicht … «, setzte Monika an.

»Papperlapapp! Du wirst mit ihr toll aussehen, wenn du mal heiratest.«

Er hustete entsetzlich und schnappte nach Luft. Monika erschrak, seine Anfälle wurden schlimmer. »Lass gut sein. Ich nehme die Schatulle gerne. Sie ist mir Andenken genug.«

»Du bist genauso bescheiden, wie es deine Oma war. Du hast sie leider nicht kennengelernt.«

Er hatte sich von dem Hustenanfall erholt und atmete wieder ruhiger. Der Nebel verdichtete sich. Die Birkenblättchen hatten ihre Leuchtkraft eingebüßt und hingen leblos an den Zweigen. Viel weiter konnte man nicht mehr hinaussehen.

»Da tut sich eine Nebelwand auf«, meinte er. »Eine Nebelwand, hinter der ich bald verschwinden werde.«

Monika schluckte heftig. Ihr wurde schlagartig seine Entscheidung bewusst und wie sie ihr Leben verändern würde. Dass sie ausgerechnet jetzt darüber nachdenken musste!

Ihr fiel es schwer, ihm in die Augen zu sehen. Dann hätte er ihre Tränen bemerkt. Sie stand auf und ging ins Bad, um das Rasierzeug zu holen. Sie hatte das oft gemacht, er liebte es, wenn sie mit dem Rasierschaum sein Gesicht einschmierte.

»Deine Oma hat das auch gemacht. Genauso wie du es jetzt machst. Schön.«

Sie ließ die Klinge über das Leder gleiten und begann, mit ruhiger Hand zu rasieren. Sie wunderte sich, wie ruhig sie war. »Es macht Spaß.« Sie wusste, sie würde es nie mehr machen. Nie wieder.

»Dann lass mal sehen.«

Sie gab ihm den kleinen Spiegel.

»Ja, so kann ich gehen.«

»Das ist nicht schön«, entfuhr es ihr.

Eine Träne kullerte ihre Wange hinunter.

»Genug, Monika.« Er wischte ihre Träne weg. »Es ist gut. Weinen kannst du später. Jetzt ...«

»Es ist so schwer, plötzlich.« Sie rutschte auf ihrem Stuhl hin und her. »Ich hätte nie gedacht, dass du das wirklich willst. Du kannst doch nicht ...«

»Weißt du, mein Kind«, unterbrach er sie. »Es ist meine Entscheidung. Es ist mein Wunsch. Und ich werde diesen Weg bis zum Ende gehen.«

»Ich will das nicht!« Sie konnte ihre Tränen nicht mehr aufhalten. »Ich hätte das nie mitmachen dürfen!«

»Jetzt ist es zu spät.« Er nahm ihre Hand in die seine. »Und es ist gut so.«

Sie sah ihn an und spürte, dass er ganz klar war. Sie wollte ihn nicht verlieren, aber sie sah, wie sehr er unter seinem Leben litt. Sie wollte ja glauben, dass alles gut ist. Sie wollte, dass es ihm gut geht.

»Was danach kommt, kann nur besser sein als das hier.« Seine Worte klangen sanft und weich. »Ich will nicht verrecken, ich will in Frieden gehen.«

In diesem Moment tauchte eine Schwester in der Tür auf. »Wie geht es Ihnen? Soll ich Ihnen noch eine Spritze geben?« Sie sah zum Fenster hinaus. »Bei dem Wetter muss es einem auch schlecht gehen.«

»Das wäre eine gute Idee.« Er lächelte sie an.

»Ich komme gleich wieder.« Sprach's und verschwand.

»Dann kann es ja bald losgehen.« Er ließ sich auf sein Kissen fallen. »Die Spritze wird mir helfen.«

Monika saß wie versteinert da. Für sie war nichts mehr in Ordnung.

»Ich kann das nicht!«

»Du brauchst nicht viel tun.« Er drückte ihre Hand fest. »Du gehst gleich ins Bad, und dann bringst du mir meinen Schierlingsbecher. Dann wirst Du gehen. Den Rest schaffe ich alleine.«

»Das ist hart. Das kann ich nicht.« Sie fühlte sich hundeelend, wäre am liebsten aufgestanden und hinaus gerannt. Nur fort, nicht mehr daran denken müssen. Und sich nicht so schuldig fühlen. »Ich mache mich zum ...«

»...zum Mörder, meinst Du«, vollendete er ihren Satz. »Nein, mein Schatz. Ich will nicht krepieren, an mir selbst ersticken. Ich will Frieden. Die Spritze wirkt bald, dann trinke ich den Becher aus – und du gehst. So wie wir das besprochen haben.«

Es klopfte und im nächsten Moment trat die Schwester ein. Sie spritzte ihn. »Haben Sie noch einen Wunsch?«

»Nein, danke«, antwortete er. »Vielleicht noch eines. Bringen Sie mir bitte einen Tee?«

»Gerne. Hagebutte oder Pfefferminz?«

»Ach, Hagebutte klingt gut«, erwiderte er. »Das

habe ich schon als Kind gern getrunken.«

»Bin gleich zurück.« Sie schloss die Tür.

Er lehnte sich zurück. »Wenn sie den Tee gebracht hat, ist es so weit.«

Monikas Herz klopfte bis in ihren Kopf. »Das kannst du nicht wollen.«

»Du weißt, dass es für mich keinen anderen Weg gibt«, entgegnete er ernst. »Das ist der Lauf des Lebens, der Fluss ohne Wiederkehr. Wenn nicht jetzt, wann dann? Wäre es dir lieber, ich müsste ersticken? Das kannst du nicht wollen!«

»Nein, aber das …?« Sie fühlte die Verzweiflung in seinen Worten und ihre eigene. Es entstand ein Moment des Schweigens. Ihr Herz pochte hart gegen die Brust. Tonlos meinte sie auf einmal: »Es ist nicht recht.«

»Wer bestimmt, was recht ist und was nicht?« Seine Stimme klang zorniger, als er wollte. »Niemand kann von mir erwarten, mir beim Sterben zuzuschauen und qualvoll zu ersticken. Da habe ich lieber selber die Wahl. Und ich habe mich dazu entschieden. Heute ist ein guter Tag zum Sterben.«

Die Schwester brachte den Tee.

»Gestorben wird an einem anderen Tag.«

Hatte sie ihre Unterhaltung belauscht?

»Mir ist jeder Tag recht. Heute oder morgen, was macht das für einen Unterschied?«

»Nicht so eilig, junger Mann.« Die Schwester hatte Humor. »Jetzt gibt es den Tee und später noch das Abendessen.«

»Nicht schlecht. Ein Käsebrot als Henkersmahlzeit.« Er zwinkerte ihr zu. Solche Späße hatte er öfter mal gemacht, sie würde keinen Verdacht schöpfen.

»Sonst noch etwas?«

Die Schwester tat ihre Arbeit und Monika wusste nicht, wohin mit all ihren Gedanken und Gefühlen.

Wenn sie doch endlich ginge, dann wäre es bald vorbei! Ebenso könnte sie noch bleiben, dann bliebe ihr noch Zeit.

Zeit, für was?

Darauf hatte sie keine Antwort.

Sie hatte es in der Hand, kam ihr in den Sinn. Wenn ich nur so tu, als ob ich das Gift in den Becher gebe? Nein, das geht nicht. Er würde es merken! Sie wurde immer nervöser. Ob die Schwester was merkte? Dann hatte sie die Tür geschlossen.

»Nun gehst du ins Bad, Monika.« Er sah sie ernst an. »Viel Zeit bleibt nicht.«

»Ja, da hast du im doppelten Sinne recht.« Sie nahm ihre Tasche und den Teebecher. »Ich bin gleich zurück.«

»Du schaffst das. Beeile dich.« Er strich ihr über die Hand. »Es wird alles gut.«

Sie ging ins Bad, stellte die Tasche ab und nahm

das Fläschchen zur Hand. Sie hatte es sich noch nicht genau angeschaut. Es war ein Fläschchen mit einem bunten Aufkleber auf der Vorderseite, auf der Rückseite prangte ein rot umrandeter Warnhinweis. Sie öffnete es, es roch nach nichts. Vielleicht schmeckt es dann auch nicht bitter, überlegte sie. Ein Tropfen nach dem anderen fiel in den Becher. Sie musste sich konzentrieren, damit sie sich nicht verzählte. Sie hatte Mühe, das Fläschchen zu halten, aber dann war es geschafft, achtzig Tropfen, mehr nicht. Für jedes Lebensjahr einen, schoss es ihr durch den Kopf. Sie verschloss die Flasche und steckte sie eilig ein. Dann nahm sie den Becher und verließ das Bad mit wackeligen Knien.

»Hoffentlich schmeckt das.« Er nahm ihr den Becher ab. »Mach nicht so ein Gesicht.«

»Ich bin fix und fertig, Opa.« Sie blieb stehen, obwohl sie sich kaum auf den Beinen halten konnte. »Das kann ich nicht.«

»Ich schaffe das auch ohne dich«, erwiderte er ruhig. »Du wirst mir fehlen, Kleines. Aber ich schaue von oben runter auf dich.«

»Das ist es ja nicht.« Sie setzte sich jetzt doch.

»Wenn es anders laufen würde, hätte ich kein Problem damit. Aber so?«

»Dann ist es besser, wenn du jetzt gehst.«

Er stellte den Becher ab.

»Komm, Kleines. Sag deinem Opa Lebewohl.«

»Du willst es so, in Ordnung. Dann gehe ich jetzt. Du hast es selbst in der Hand.« Sie beugte sich hinunter und drückte ihn fest. »Ich werde dich nie vergessen. Und das hier auch nicht.«

»Nun mach schon, Monika.« Er löste sich von ihr. »Es ist Zeit zu gehen – für uns beide.«

Sie nahm ihre Tasche und ging.

»Nur für dich«, flüsterte sie.

Dann zog sie die Tür schnell hinter sich zu. Auf dem Gang empfing sie der normale Lauf der Dinge. Sie ging an all den Zimmertüren vorbei, hinter denen das Leben weiterging. Sie hörte die Musik aus dem Radio. Life is life.

Das passt ja, dachte sie.

Dann war sie draußen an der frischen Luft.

Der Nebel hatte nachgelassen, dafür senkte sich die Nacht über ihr. Sie entschloss sich noch zu einem Spaziergang durch den angrenzenden Park. Das würde ihr guttun. Wenige Augenblicke später saß sie auf einer der vielen Bänke, die den Weg säumten. Und vor ihr auf der Wiese entdeckte sie ein einsames Pflänzchen – eine Herbstzeitlose.

Sie blühte.

Der Schrei

Blutrot senkte sich die Sonne auf den glitzernden Horizont. Nicht mehr lange, dann würde sie das Hier verlassen, um anderswo aufzugehen. Ihr letztes Adieu zeichnete in die Wipfel der Bäume und auf die steilen Felsen ringsum rotgoldene Feuerzungen, die sich lebhaft hinauf und hinab schlängelten, um sich im feurig schimmernden Meer zu verlieren. Der spätsommerliche Wind des Tages hatte beinahe aufgehört, aber letzte kleine Wellen auf dem Wasser zeugten von der beinahe unmerklichen salzigen Brise. Fast meinte sie, die jetzt immer sanfter werdenden Wellen an die Küstenfelsen wogen zu hören, wie ein melancholisches Wispern, das sich über das Wasser ausbreitete.

Das schrille Kreischen der Möwen tönte laut und fordernd, während sie sich um die Fischköpfe balgten. Ihre Aufgeregtheit stand im Widerspruch zur abendlichen Gelassenheit im Hafen. Die Fischer kippten Abend für Abend für die Möwen ihre Reste ins Wasser oder auch auf die steilen Felsen, auf denen sie ihre Schlafplätze hatten.

Den ganzen Tag hatten sie ungeduldig auf die heimkehrenden Fischer gewartet, und sie schon am Eingang des Fjords freudig mit großem Geschrei zu ihren Ankerplätzen begleitet. Mancher Vogel hatte da schon versucht, einen Fisch aus den Kisten zu angeln, indem sie pfeilschnell auf das Deck hinabstießen. Aber die Fischer verscheuchten sie mit Stöcken. Trotzdem fiel für die Möwen noch genug ab, dass es allabendlich ein Festmahl werden konnte.

Noch war die Luft voll mit umherschwirrenden, wild schreienden Möwen, die sich in die Fluten stürzten, um sich kurz darauf mit einem Beutestück wieder in die Lüfte zu erheben. Es schien eine einstudierte Choreographie. Mal sah man einen Pulk Möwen gleichzeitig mit großem Getöse in die Fluten stürzen, dann stoben ebenso viele wieder in die Lüfte, im Schnabel ein Stück Fisch. Manche brauchten weitere Tauchgänge, weil andere ihnen erfolgreich die Beute streitig gemacht hatten. Dann stürzten sie sich erneut mit nassen Federn ins Wasser. Andere fischten im Flug die schuppigen Kadaver, ohne auch nur nasse Flügelspitzen zu bekommen, indem sie knapp über der Wasserfläche mit ausgebreiteten Flügeln flogen; sie brauchten nur noch zuzugreifen.

Doch mit jedem Augenblick, den die Nacht vom Tag forderte, ließ sich eine Möwe nach der anderen auf den Felsen nieder und das Geschrei verstummte nach und nach, und machte einer gespenstischen Stille Platz. In der Abenddämmerung taumelten die verschmähten Fischreste auf den Grund.

Die junge Frau saß allein am Ufer auf dem Landungssteg der Kutter, die sanft in der Dünung schaukelten. Sie wirkte zerbrechlich und ebenso entrückt wie die abendliche Stimmung. Gedankenverloren hatte sie keinen Blick für die Sentimentalität des Augenblicks. Ihre Schultern hingen schlaff herunter und schienen aller Kraft beraubt zu sein. Auch ihr Kopf fiel immer wieder auf die Brust, nur um Augenblicke später wieder aufzuschrecken. Dann verlor sich ihr Blick wieder in der Ferne. Sie wartete auf das Boot, das noch immer nicht heimgekehrt war.

Die Fischer hatten berichtet, dass ein Boot im letzten Sturm verlorengegangen war. Mit jedem Tag aber schwand die Hoffnung, dass es doch heimkehrte. Der alltägliche Kampf ums Überleben stumpfte die Gemüter ab. Man wünschte sich zwar eine Antwort über den Verbleib der Kollegen, aber der Alltag glich allzu oft einem Kampf. Lange Trauern war nicht ihr Ding. Zu oft schon war ein Boot mitsamt seiner Besatzung vom Fang nicht wieder zurückgekommen. Sie hatten mit sich selbst und ihrer Arbeit genug Sorge. Und die Sorgen der jungen

Frau berührten sie nur am Rande; zu oft hatte dort schon eine den Anleger blockiert.

Plötzlich schrak die Frau auf und sah sich ängstlich um. Doch in der einsetzenden Dunkelheit war weiter nichts auszumachen, kein Umriss, kein Motorengeräusch. Torkelnd erhob sie sich, nur um sich gleich wieder erschöpft an den Anleger zu lehnen. Vor Kälte zitternd zog sie die dünne Jacke enger um die Schultern. Es war inzwischen empfindlich kühl geworden. Dann blickte sie unschlüssig vom Hafen über die Weite der Bucht. Es schien, als überlegte sie, ob sie bleiben oder heimgehen sollte. Einesteils trieb es sie fort, weit fort, andererseits schien sie unfähig, sich zu rühren. Ihr Blick klebte an dem nunmehr dunkelroten Horizont, das sichtbare Ende eines Tages, der wie die vergangenen ohne die Wiederkehr ihres Vaters, ihres Bruders und ihres Geliebten endete.

Die Drei waren Tage zuvor zum Fischen rausgefahren. Bislang waren sie immer gesund heimgekehrt. Was war ihnen zugestoßen, dass sie diesmal nicht mit den anderen in den Hafen zurückgekommen waren? Waren sie von einem Brecher umgeworfen worden und im Meer versunken? Hatten sie vielleicht einen der vielen Felsen gerammt, die weit da draußen waren? Oder hatten sie zuviel gewollt, und dabei zuviel riskiert? Diese und tausend andere Fragen quälten sie. Doch der auflandige

Wind brachte keine Antwort – und auch das kleine Schiff mit dem Namen Esperanza nicht zurück.

Sie ließ sich an einem hölzernen Pfosten, an dem sonst die Schiffstaue festgemacht wurden, auf die nachtfeuchten Planken heruntergleiten. Sie schob die Arme unters Kinn und schloss einen Moment die Augen. Ihr Atem ging schwer, und Tränen rollten ihre Wangen hinab. Sollte sie nun doch heimkehren? Oder sollte sie weiter hier warten? Sie war so müde und ausgelaugt. Sie sehnte sich nach einem warmen Bett, aber ohne ihren Geliebten blieb es kalt. Oft schon hatte sie allein in den Kissen gelegen, während er in der Nacht draußen auf See gewesen war. Nie hatte sie sich dabei wirklich um ihn gesorgt; er hatte ihr immer versichert, gesund wiederzukommen. Sie hatte ihm einfach geglaubt, und stets hatte sie ihn am Morgen wieder in die Arme schließen können. Nie hätte sie gedacht, dass sie einmal hier sitzen und vergeblich auf ihn warten würde!

Wie gern würde sie ihn jetzt in die Arme nehmen und sich von seiner Unbeschwertheit tragen lassen, und, von seinen starken Armen emporgehoben und gehalten, ein ›ich habe dich vermisst, ich liebe dich‹ hauchen!

Monoton plätscherten die Wellen an die Kaimauer. Um sie herum war finsterste Nacht. Nicht einmal die Sterne schauten herab, dicke Wolken – die letzten Boten des vergangenen Sturms – hatten sich davorgeschoben.

Sie war so müde und zugleich so unruhig. Wenn sie jetzt heimginge, würde sie kein Auge zutun. So blieb sie sitzen und starrte in die Finsternis. Was sollte werden, wenn ... Sie konnte doch nicht ewig hierbleiben. Irgendwas musste passieren, damit das hier ein Ende hatte! Wenn er wirklich nicht wiederkam, wie alle inzwischen glaubten? Wenn sie hierblieb, bis auch von ihr nichts mehr übrig war? Aber sollte sie überhaupt die Hoffnung so schnell aufgeben und wie das Dorf wieder zur Tagesordnung übergehen? Nein! Das käme einem Verrat gleich! Einem Verrat an ihm und den anderen beiden. Sie würde hier Wache halten; es könnte doch immer noch sein, dass sie wiederkamen. Und dann wäre keiner da, der sie empfangen würde.

Es war unheimlich still und finster. Der Wind hatte nachgelassen. Er war der traurige Atem der Meerjungfrauen, ein Hauch, weiter nichts. Einzig ihr Atem begleitete das Glucksen der auslaufenden Wellen. Immer wieder sah sie zum unsichtbaren Horizont, in der wagen Hoffnung, ein kleines Licht herkommen zu sehen oder das Tuckern des Kutters zu hören.

Sie massierte die Beine, fast alles Gefühl schien daraus verschwunden zu sein. Es dauerte lange, bis sie wieder ihr Zehen spürte. Die Kälte war unerbittlich, sie fror und ärgerte sich, keine wärmere Kleidung angezogen zu haben. Da erinnerte sie sich, dass sie immer noch trug, was sie bei seiner Ausfahrt angehabt hatte.

Irgendwann kippte sie zur Seite. Sie sah sein sonnengebräuntes Gesicht, das von der Seeluft gegerbt war. Unter seinem blond gelockten Pony strahlten sie zwei tiefblaue Augen an. Er stand ganz vorn auf dem Kutter und rief ihr etwas zu. Ich liebe dich, las sie, ich habe dich vermisst. Bald bin ich bei dir. Sie konnte es mit dem Herzen hören. Es machte sie glücklich. Dieses Bild begleitete sie in ihre Träume.

•

Die See ruhte in träger Einmütigkeit, kaum hörte man den Wellenschlag, und auf den steilen Felsen ringsum schliefen die Möwen. Nathana breitete übernächtigt ihre Schwingen aus und hob sich leise hinaus aufs Meer.

Sie sah auf die erwachende Umgebung hinab. Erste Schwärme suchten im Licht der aufgehenden Sonne nach einer schuppigen Mahlzeit oder putzten sich und ihre Schlafstatt. Sie tun grad so, als sei gar nichts passiert! Dabei wurde unser Paradies zerstört! Euch interessiert das alles wohl nicht. Traurig schüttelte sie den Kopf. Dabei habt Ihr tatenlos zugesehen, wie sie sich versündigten!

Bislang hatte sie sich stets gut aufgehoben gefühlt. Sie hatte, was sie brauchte, und was sie nicht hatte, das vermisste sie nicht. So hätte ihr Leben ruhig weitergehen können. Sie erinnerte sich und sie fror in der warmen Brise. Am Tag zuvor war ein gewaltiger Schwarm Raben schrill kreischend über die steilen Gipfel geflogen. Sie stürzten wie aus dem Nichts in die Kolonie. Binnen weniger Augenblicke zerstörten sie Gelege und töteten die hilflose Brut. Sie ruinierten die Schule der Jungvögel, die sich verstört hinkauerten oder zu flüchten versuchten. Sie wurden einfach über die Klippen geschubst und fielen wie kleine Steine in die tödlichen Wellen.

Nathana hatte sich mit ein paar anderen Möwen aus ihrer Nachbarschaft, Mütter und Tanten, verzweifelt gegen die Übermacht der randalierenden Raben gewehrt. Gegen die geballte Kraft der schwarzen Vögel aber waren sie machtlos.

Sie flüchteten sich hinter einen Felsen und verfolgte das tödliche Treiben der Meute. Die wenigen Wachposten hatten gegen die Übermacht aus der Luft keine Chance. Sie musste mit ansehen, wie einer nach dem anderen verwundet oder tot liegenblieb. Mancher schlug sich auf die Seite der Raben, nur um nicht selbst Opfer zu werden. Andere versündigten sich an den verstört daliegenden Möwen, sei es, dass sie ihnen die Eingeweide bei lebendigem Leib herausrissen oder schlimmer noch ihre Notlage für sadistische Fantasien ausnutzten.

Nachdem fast alle Nester geräubert und die meisten Möwen geflüchtet waren, zerstoben die Raben, wie sie gekommen waren. Zurück blieb eine verwüstete Kolonie, übersät von schwer verletzten oder toten Vögeln. Sie wartete eine Weile ab und floh dann aufs Meer hinaus.

Nur weg!

Daran musste Nathana denken, während sie auf der leichten Dünung dahintrieb. In ihrem Kopf herrschte ein heilloses Durcheinander. Immer wieder sah sie die Bilder der niedergewalzten Kolonie, dann sah sie die blutenden Kadaver und hörte die hilflosen Schreie der Jungen, denen von den Raben einfach der Kopf abgerissen wurde, um sie zum Schweigen zu bringen. Sie sah Mütter, die sich mutig vor ihrer Brut aufbauten, und Väter, die sich dem Kampf stellten. Mancher wurde vor den Augen seiner Lieben getötet. Und die Schutztruppe suchte Sicherheit vor dem Verderben.

Nathana seufzte. Was sollte sie tun? Jetzt, wo die Kolonie vernichtet war? Sie schwankte zwischen Wut und Trauer, Angst und Zuversicht. Nie wieder würde es werden, wie es war – sicher, geborgen, frei und wohlbehütet. Das Gefühl der Verkrampfung und Vorsicht würde bleiben. Was, wenn die Raben wiederkämen? Was, wenn wieder Mord und Totschlag ihren Alltag durchbrächen? Was, wenn wieder Unschuldige zu Schaden kommen würden, und alles in Schutt und Trümmern dalag? Aber, was tun? Hier war ihre Heimat, sie war hier geboren. Konnte sie noch einmal so frei hier leben, so unbeschwert die Sonnenaufgänge genießen, wenn sie weit oben schwebte? Konnte sie hier noch einmal glücklich sein? Sie schwang sich in die Lüfte und schraubte sich in den Winden immer weiter hinauf. Und je ferner ihre Welt unter ihr lag, desto freier atmete sie. Sie musste eine Entscheidung treffen, das wurde ihr bewusst. Sollte sie zurückkehren in dieses Leben, das nie mehr so sein würde, wie es war? Oder sollte sie die Gelegenheit nutzen, sich woanders eine Zukunft zu suchen? Eine Zukunft, die ungewiss aber ungleich spannender sein konnte? Sie drehte eine große Runde weit über dem Fjord.

»Das ist wie Abschiednehmen«, hörte sie plötzlich neben sich.

Sie erschrak leicht, fasste sich aber schnell wieder. Neben sich erblickte sie einen Möwenmann, der schöner nicht sein konnte.

»Wer bist du?«, stammelte sie.

»Ich bin Jonathan und hole dich ab.«

Seine Augen ruhten sanft auf ihr.

»Wohin?« Nathana fühlte sich befreit, während Jonathan sie über den Bergkamm führte.

»Weißt du es nicht, Nathana? Ins Paradies.« Jonathan berührte ihre Flügelspitzen ganz sanft und Nathana wurde warm ums Herz.

»Mit dir fliege ich gerne – egal wohin, Jonathan.«

•

Wie lange die junge Frau geschlafen hatte, wusste sie nicht. Doch als sie die Augen wieder aufschlug, schimmerte über den Hügeln hinter ihr der neue Morgen. Sie fröstelte.

Hatte sie das geträumt? Was wohl aus Nathana und Jonathan würde? Sie streckte ihre steifen Glieder und rappelte sich auf. Alles tat ihr weh. Sie fühlte sich so schrecklich, ihr Kopf brummte und ihr Magen brannte. Sie hatte seit Tagen nichts gegessen, fiel ihr ein. Du bist ein Dummkopf, schalt sie sich. Sie würde essen, wenn erst wieder alles gut war.

Plötzlich schrak sie auf und starrte auf den Horizont. Da war doch was?! Nur wenig konnte sie in der Dämmerung erkennen, aber es war ihr, als wäre da ein dunkler Punkt, der mit jedem Augenblick größer wurde. Ach, das ist nichts, dachte sie, bestimmt nur ein Fels. Da war doch schon immer einer, oder? Nein, das war kein Fels! Der Punkt wurde mit jedem Augenblick größer, und je heller es wurde, desto deutlicher und größer wurde er. War das vielleicht das Boot? Sein Boot, um dessen Willen sie hier Tag und Nacht gesessen hatte?

Erste Möwen kreisten über ihr. Da hört sie die ersten Hunde bellen. Und wenig später tauchten ein paar Leute auf, die gebannt auf den Horizont hinausblickten. Dann erkannte sie den kleinen Kutter, der gerade in den Fjord hineinfuhr. Wie auf ein geheimes Zeichen flog eine ganze Schar Möwen ihm entgegen. Euch interessiert nur Fressen, dachte sie, alles Andere ist euch egal! Doch auch sie konnte und wollte ihren Blick nicht von dem Boot nehmen, das unendlich langsam auf den Hafen zu fuhr. Das mussten sie sein! Das musste er sein! Wer sonst? Endlich! Entfuhr es ihr. Endlich!

In ihrer Aufregung riss sie sich die Jacke runter, breitete die Arme aus und hielt die Hände wie einen Trichter vor den Mund. Und dann hörte man einen Mark erschütternden, langen Schrei! Sie schrie aus Leibeskräften in den Morgen!

Sie schrie immer noch, als sie plötzlich ein paar starke Arme hielten. Es war ein Freund ihres Vaters. Sie lehnte sich erschöpft an seine starke Brust und Tränen rannen ihr übers Gesicht. Diese vielen ungeweinten Tränen, die die ganze Zeit in ihr geblieben waren. Jetzt brachen sie aus ihr heraus. Die Arme hielten sie wortlos fest und warm. Mit jedem

Augenblick wurde sie ruhiger, und mit einem Mal hob sie den Kopf und sah, wie das Boot an dem Anleger festgemacht wurde, auf dem sie tagelang verzweifelt wartend gesessen hatte. Dann fing sie den Blick ihres Geliebten auf, der gerade vom Boot stieg. Er sah müde und abgekämpft, aber ungleich erleichtert aus. Sein Gesicht zierte ein leichter blonder Bart, der zuvor nicht da gewesen war. Und unter dem dichten Pony strahlten zwei müde, glückliche Augen, die ihr entgegenkamen. Jetzt hielt sie nichts mehr! Sie wand sich ohne ein Wort aus den Armen, die sie so warm aufgefangen hatten, und lief – ja, stolperte fast – auf ihren Geliebten zu. Dann fiel sie ihm erleichtert in die Arme, die sie hochhoben, dass sie ihm ganz nah war. Seine Wange pikste ungewohnt, aber das war jetzt nicht wichtig. Sie hatte ihn wieder! Sie hatte nicht umsonst Tag und Nacht auf ihn gewartet! Ich liebe dich, flüsterte er, ich habe dich vermisst. Und sie hauchte ihm einen Kuss auf den Mund. Ich habe die ganze Zeit auf dich gewartet; ich habe gewusst, du würdest wiederkommen. Ich liebe dich!

Die Menge empfing die Vermissten mit großem Hallo und Hurra. Sie nahmen sie auf die Schultern und verließen den Anleger. Das sollte gefeiert werden! Der Platz füllte sich mit lachenden Menschen, groß und klein. Das ganze Dorf war auf den Beinen. Die Sonne strahlte mit ihnen um die Wette. Die Freude über die glückliche Heimkehr der drei Vermissten kannte keine Grenze.

Ich saß auf meinem Felsen und streckte die Flügel weit aus. Sie waren ein wenig steif geworden, schließlich hatte ich seit Tagen kein Auge zugemacht. Jetzt konnte ich endlich hinausfliegen aufs Meer und nach einer Mahlzeit Ausschau halten. Und hinterher würde ich wieder zum Felsen zurückfliegen. Schließlich wartete noch ein Fest auf mich.

Der Ruf der Eule

»Das Haus gehört jetzt Ihnen«, hatte der Notar mit feierlicher Miene gesagt und die Dokumente in eine Mappe gelegt, bevor er sie ihr aushändigte. Sie hatte geerbt! Hannahs Herz hüpfte vor Neugier. Ihr Onkel hatte das Haus aus rein nostalgischen Gründen gekauft, aber nie selbst genutzt. Jahrelang hatten es mittellose Studenten bewohnt, die als Gegenleistung für die Instandhaltung des Hauses sorgen sollten. Das erklärte ein Schreiben, das ihr der Notar gezeigt hatte.

Sie lehnte sich in den weichen Sessel zurück. »Vielleicht taugt es als Ferienhaus. Vielleicht verkaufe ich es aber auch. Mal sehen. Ich hätte nie gedacht, einmal ein Luxusproblem zu haben.«

»Es gehört jetzt Ihnen, das Haus – und das Problem. Ich verwalte nur den Nachlass ihres Onkels. Für mich ist der Fall erledigt.« Damit entließ er sie aus seinem Büro.

Mit einer dicken Mappe Dokumente und einer Handvoll vielversprechender Fotos fuhr sie wenige Tage später zur Besichtigung. Sie glaubte, den ganz großen Fang gemacht zu haben. Aufgeregt bog sie nach nicht endenwollender Fahrt in die genannte Straße ein und suchte die Häuserzeilen ab.

»Da ist ja die Hausnummer«, meinte sie halblaut zu sich und ihre Enttäuschung machte sich augenblicklich mit einem tiefen Seufzer Luft. Das hatte sie sich anders vorgestellt!

Neben den von gefälligen Zäunen eingefassten schmucken Fassaden der Häuser wirkte das Erbstück bei weitem nicht so großartig wie auf den Hochglanzfotos. Geerbt, wie gesehen, mahnte sie sich still und war plötzlich unsicher, ob sie den Rest überhaupt noch kennenlernen wollte. Doch dann siegte die Neugier.

»Fotos sagen einem nur die halbe Wahrheit«, erkannte sie beim Blick auf den bröckelnden Putz der einstmals weißen Fassade. Die ehemals braun gestrichenen Fensterläden hingen verdächtig unsicher in den Angeln und auf vielen Dachschindeln klebten dicke, moosige Polster. Sie öffnete das wackelige Gartentor und stand im nächsten Moment vor einer verwitterten Eingangstür, deren einziger Schmuck ein kleines Fenster aus Butzenglas war. Der Schlüssel drehte sich laut im Schloss und mit einem schauderhaften Quietschen schleifte die Tür über den Dielenboden. Ein frischer Windzug wirbelte feinen Staub auf und trieb muffige Luft aus dem Haus. »Da habe ich mir ja was angelacht!«

Vor ihr führte eine Treppe nach oben und zu beiden Seiten standen Zimmertüren offen. In einem Zimmer entdeckte sie eine verstaubte, antik anmutende Vitrine auf einem glanzlosen Boden aus denselben Dielen. Im anderen standen eine Liege und ein Kleiderschrank, beides Jahrzehnte alt, aber gut erhalten. Sie ging an der Treppe vorbei nach hinten. Ein Büfett, ein weiß lackierter Tisch mit zwei Stühlen und ein alter Herd waren alles, was von der Küche übriggeblieben war.

Eine Tür mit Fenster führte hinaus in den Garten. Das Grundstück war nicht groß, doch ein paar hohe alte Bäume spendeten einer kleinen Terrasse Schatten. Ein Tisch und eine Bank standen einsam auf grünstichigen Steinplatten. Sie schmunzelte bei dem Gedanken an wilde Studentenpartys.

Ihre Neugier führte sie hinauf ins Obergeschoss. Die abgetretenen Stufen knarrten unfreundlich unter ihren Schritten. Von der Galerie gingen drei Zimmer ab. In einem Raum entdeckte sie eine hölzerne Kiste. Komisch, warum haben sie die nicht mitgenommen, ging ihr durch den Kopf.

In der Küche wieder angekommen bemerkte sie an der rechten Seite zwei schmale Türen. Hinter der ersten fand sie ein Bad mit Toilette. Zweckmäßig, fiel ihr dazu nur ein und sie fügte in Gedanken hinzu: Es erfüllt seinen Zweck eher mäßig, wenn auch mit Fenster. Daneben befand sich eine Abstellkammer mit leeren Regalen.

Sie ließ sich auf einen Küchenstuhl fallen und blickte gedankenvoll hinaus in den Garten. Das Rauschen der Blätter drang wie ein Wispern zu ihr. Es fragte, ob sie nicht besser im Gasthaus an der Dorfkirche ein Zimmer nehmen sollte. Was soll's, dachte sie, für eine Nacht geht es auf dem Sofa bestimmt. Sie ging hinaus zum Auto, um ihre Sachen zu holen.

»Was machen Sie denn da?«, kam es von gegenüber. Eine ältere Frau in einer bunten Kittelschürze kam auf sie zu. Sie trug ein Lächeln auf hellrot angemalten Lippen.

»Guten Tag. Ich habe dieses Haus geerbt«, antwortete Hannah knapp.

»Guten Tag. Vom Eigentümer habe ich nicht viel gesehen, von den Studenten dafür umso mehr. Doch der Letzte ist schon vor Jahren ausgezogen. Seither hat sich niemand mehr darum gekümmert.«

»Ich wusste nicht, dass mein Onkel dieses Haus überhaupt besessen hat.«

»Bleiben Sie länger? Nehmen Sie ein Zimmer im Alten Wirt?« Die Frau sah auf ihre Reisetasche und zu der Kiste, die noch im Kofferraum stand.

Neugierig ist sie schon, dachte Hannah genervt. »Ich werde wohl auf dem alten Sofa schlafen.«

»Aber das Haus ist kalt und Strom wird es auch nicht geben.« Die Frau zog die Augenbrauen hoch. »Ich könnte Ihnen mein Gästezimmer anbieten.«

»Das kann ich eigentlich nicht annehmen. Aber Sie haben sicher recht, die Nächte sind kalt und Licht hätte ich auch keins.«

»Abgemacht. Wenn Sie möchten, kommen Sie einfach rüber.«

Am nächsten Morgen, nachdem Hannah im Gästebett ihrer Nachbarin herrlich geschlafen und mit ihr gefrühstückt hatte, öffnete sie alle Fenster und Türen ihres eigenen Hauses.

Der Mief musste raus!

Dabei fiel ihr ein Fensterladen auf die Füße. »Mist!«, rief sie auf einem Bein hüpfend aus. Im gleichen Augenblick schlug sie der Länge nach hin und vor ihren Augen tanzten ein paar Sterne Tango! Sie war über eine Baumwurzel gestolpert, stellte sie mit schmerzverzehrtem Gesicht fest.

»Das kann ja heiter werden! Ehe ich weiß, was mit dir passieren soll, hast du mich mit einer langen Liste an Blessuren ins Krankenhaus geschafft. Wenn du weiterhin so nett zu mir bist, wirst du verkauft! An den Erstbesten, der kommt!«

Sie brauchte eine Pause! Mit einem Kaffee aus der Thermoskanne setzte Hannah sich auf die Terrasse und rieb sich den Knöchel. Wenn das kein schlechtes Omen ist, was dann? Sie sollte die Finger vom Haus lassen, es, wie es war, verkaufen und das Geld einstecken. Bis es alltagstauglich war, würde sie wahrscheinlich Unsummen reinstecken müssen. Einem geschenkten Gaul schaut man nicht ins Maul, besann sie sich mit einem Schmunzeln auf den Lippen.

Da fiel ihr die Truhe unterm Dach wieder ein. Vielleicht ein Schatz, der mehr Wert war als das ganze Haus?

Sie war nicht so schwer, wie sie befürchtet hatte. Sie trug sie auf die Terrasse.

»Dann wollen wir mal«, murmelte sie halblaut vor sich hin.

Das Schloss sprang knarrend auf und sie spürte ihren Herzschlag. Was sie wohl erwartete?

Sie öffnete den Deckel und staunte nicht schlecht. In der Truhe ruhte ein in ein weiches Tuch gewickeltes Etwas. Sie hob es auf den Tisch und besah sich ihren Fund genauer. Es war eine kunstvoll geschmiedete Standuhr mit ein paar ebenso raffiniert gearbeiteten Miniaturen. In der Sonne glitzerte und funkelte es. Eine Eule saß auf einem vergoldeten Ast oder einer Wurzel, auf der noch ein goldenes Eichhörnchen und eine silberne Eulenschwinge auszumachen waren. Da sie als Schülerin ein Praktikum bei einem Goldschmied gemacht hatte, war dieses Objekt für sie ein Dorado. Sie erinnerte sich an die Worte des Meisters jener Tage: Es gibt kein Werk, das nichts wert ist. Behutsam wickelte sie die Uhr wieder in ihr Tuch. »Die alte Truhe ist viel zu schade für dich«, flüsterte sie der Eule zu. Sie beschloss, zuhause einen Juwelier zu fragen, und brachte die Truhe ins Auto.

Nur Augenblicke später setzte sie sich wieder auf die Terrasse. Ihr Kaffee war inzwischen kalt geworden, sie kippte ihn in die Wiese und goss sich einen neuen ein. Die Skulptur ging ihr nicht aus dem Sinn. Vielleicht habe ich ja etwas entdeckt, was sich zu Geld machen lässt!

Die ersten Frühlingsboten musizierten in den umliegenden Gärten. Sie empfand mit einem Mal eine tiefe innere Ruhe, das Haus mit seinem Garten rührte sie.

So friedlich, wie ihr gerade jetzt zumute war, war ihr Leben nicht oft. Sie genoss diese Streicheleinheiten für ihre Seele. Wer weiß, wann ich mich wieder so rundum wohlfühle wie in diesem Augenblick!

Warum hat er ausgerechnet mir das Haus vererbt? Und die Kiste mit der Uhr, was soll ich damit? Vielleicht ist sie mehr wert, als ein altes, heruntergekommenes Haus mit dem vernachlässigtem Garten. In diesem Zustand ließ es sich weder verkaufen noch selbst bewohnen. Wenn es aber instand gesetzt und komfortabel eingerichtet wäre, wollte sie es sich als Ferienhaus schon vorstellen.

Es wird nichts überstürzt, mahnte ihre innere Stimme, als sie Tage später Hannah zuhause auf dem Sofa saß. Die Uhr hatte einen Platz auf der antiken Kommode gefunden. Doch glücklich war sie damit nicht, sie passte nicht wirklich her. Unschlüssig, was mit ihr geschehen sollte, erinnerte sie sich an die Worte des Juweliers. »Dafür bekommen Sie nicht so viel, wie es Sie gekostet hat, sie herzuschaffen«, meinte er und sein Blick ließ keinen Zweifel, dass er nichts davon hielt.

»Glauben Sie mir, sie ist das Material nicht wert! Auch wenn das Uhrwerk noch funktionieren sollte.«

Enttäuscht nahm sie die Skulptur vom Ladentisch. »Danke für die Auskunft, auch wenn sie mir nicht weiterhilft. Auf Wiedersehen.«

Sie suchte dann noch einen alten Uhrmachermeister auf. Er behielt sie ein paar Tage und hob danach entschuldigend die Schultern.

»Nee, junge Frau, ich habe sie geputzt und geschmiert, trotzdem will sie nicht so recht laufen. Vielleicht steht sie einfach am falschen Platz. Soll schon mal vorkommen, dass Uhren zickig sind.« Er deutete auf eine kleine Schraube an der Rückseite. »Hier ist die Stellschraube. Vielleicht probieren sie es einfach aus. So schlecht schaut sie doch nicht aus?«

Das alles machte es Hannah nicht leichter. Dazu hatte sie seit ihrer Rückkehr so ein komisches Gefühl. Sie fühlte sich aus irgendeinem Grund entwurzelt, ihrer Gegenwart beraubt, ohne sagen zu können, warum. Nach außen hatte sich nichts verändert, sie ging wie gewohnt ihrer Arbeit nach. Aber wenn sie nach Hause kam, saß sie mit leerem Blick und ohne irgendeinen Antrieb da. Sogar ihrer besten Freundin fiel auf, dass sie zerstreut und wenig gesprächig war.

»Du hast doch was. Wo drückt der Schuh?«

»Weiß ich doch nicht«, antwortete Hannah unwirsch.

»Ich bin mir selbst zuviel. Seit Tagen geht das schon so.«

»Warst du mal beim Arzt?«

»Ich bin doch nicht krank!«, empörte sie sich. »Dazu hat der Juwelier mich auch noch so blöde angegrinst, als ich ihm die Skulptur zeigte. Und der Uhrmacher hat ihr auch keine Beine machen können. Sie starrt mich die ganze Zeit wie tot an.«

Ihre Freundin zuckte hilflos mit den Schultern. »Vielleicht ist das Ding ja verzaubert.«

»Du spinnst!«

»Wer weiß, warum sie im Haus geblieben ist. Die Studenten jedenfalls haben sie nicht mitgenommen. War denn in den Unterlagen deines Onkels nichts darüber geschrieben?«

»Nein, ich weiß nicht einmal, ob sie ihm gehört hat.«

»Wie sollte sie dann in sein Haus gekommen sein? Es ist nur schade, dass der Juwelier deine Hoffnungen auf einen großen Fund zerschlagen hat und der Uhrmacher auch nicht helfen konnte.«

»Was soll's, sie gehört jetzt mir, aber sie gehört anscheinend nicht hierher«, meinte Hannah stirnrunzelnd. »Schau dich um, siehst du hier irgendwelchen Goldkrempel oder gar Schmuck? Zum Wegschmeißen ist sie zu schade und als Deko nicht wirklich meins.«

Sie würde das Haus selbst bewohnen!

Da sie beruflich unabhängig war, konnte sie genauso gut auf dem Dorf leben. Mit neuem Optimismus stürzte sie sich in die Planungen, schließlich musste das Haus erst auf Vordermann gebracht werden, wenn sie dort arbeiten und leben wollte. Mit einem Bankdarlehen gönnte sie ihm ein neues Bad und ließ Fenster und Türen richten. So ließ sie in den kommenden Monaten auch das Dach neu eindecken. Nachdem ferner die alten Dielenböden saniert und die Fassade gestrichen waren, erinnerte kaum etwas an den zuvor erbärmlichen Zustand ihres Erbstücks.

»Ist gar nicht so schlecht, einen Onkel mit Geheimnissen zu haben!«, grinste sie ihr Spiegelbild an, das ihr aus den frisch geputzten Fenstern ihrer alten Wohnung entgegen strahlte. Dann zog sie die Tür zu.

•

»Berta, altes Haus! Wo kommst du denn her?« Mark, den meisten seiner Freunde und Feinde als Computervirus bekannt, stand mit offenem Mund in der Tür.

»Da staunste, was, Freaky? Ich lasse mir von dir doch nicht auf ewig auf der Nase rumtanzen! Außerdem bin ich eine Ratte, mein lieber Freund. Ich bin gekommen, dich endgültig zu verdammen! Dieses Haus gehört mir, es ist grad richtig für einen Neuanfang. Hier kann und will ich mir vorstellen, friedlich zu herrschen.«

»Das wird dir schwerlich gelingen, meine Liebe.«

»Was soll mir schon groß passieren? Mach Platz da, jetzt komme ich und du kannst dir 'ne neue Bleibe suchen. Viel Spaß noch.« Berta schubste Mark mit ihrem ausladenden Busen einfach aus der Tür, die hinter ihr ins Schloss krachte.

»Das wird dir noch sauer aufstoßen, Berta. Magendrücken wird dein kleinstes Problem werden!« Sein Lachen drang verächtlich durch das offene Fenster neben der Tür.

Sie verschloss es mit einem schnellen Handgriff.

Dann war Ruhe. Es wird schon nicht so schlimm werden, machte sie sich Mut, obwohl ihr im Spiegel, der im Flur an der Wand neben der Garderobe hing, ein eher furchtsames Gesicht entgegensah. Gottlob sieht mich hier keiner, zu peinlich!

»Selbsterkenntnis ist der erste Weg zur Besserung.« Ihre Worte hallten durch das Haus, erst in ein geräumiges, aber gänzlich leeres Wohnzimmer mit einem urigen Kachelofen, der derzeit nicht genutzt wurde, und durch einen Raum, der gut und gerne als Speisezimmer dienen konnte. Die großen Fenster ließen viel Licht herein, was sicher appetitfördernd wirkte. Dann kreisten sie einmal um den freistehenden Herd in der Küche – das einzige, was sich darin befand neben einem alten Büfett ohne Türen. Dann trafen sie im Bad auf eine alte Zahnbürste, die einsam die Stellung hielt. Dann folgten sie den Flur die Kellertreppe hinab. Berta wusste, dort war der Kartoffelkeller. Wahrscheinlich auch leer, meinte sie zu sich. Aber wenn dort noch welche lägen, aufgeschichtet zu einem ungenießbaren Hundehaufen, konnte sie auf den Anblick sehr gut verzichten.

Sie stand immer noch in der Eingangshalle, als ihre Worte als Echo zu ihr zurückkamen. Sie prallten gegen die schwere Eingangstür und zerfielen in tausend kleinste Staubteilchen, die in der Sonne einen letzten Totentanz aufführten.

»Nun gut, das wäre erledigt«, murmelte Berta, entschlossen, ihr neues Heim schon bald mit Leben zu füllen. Sie trat vorsichtig in die Küche. Der Herd, das Schaltgetriebe ihrer Gelüste, blinkte verführerisch, doch ein kurzer Blick in den Kühlschrank offenbarte – Nichts! Kein Krümel, kein Irgendwas, das sich zu Etwas hätte formen lassen können.

»Dann eben später, vielleicht.«

Sie ließ sich auf dem einzigen Suhl nieder, der einsam in der Ecke gestanden hatte. »Was fang ich bloß an?«, fragte sie sich halblaut.

»Etwas Neues!«, kam es plötzlich laut und deutlich aus der bislang verschlossenen Speisekammer.

Sie erhob sich vorsichtig, aber nicht weniger neugierig. Wer versteckte sich da wohl? Sie riss die Tür mit einer schnellen Bewegung auf und blickte in die schwarzen Augen einer kleinen grauen Maus. Sie hockte keck grinsend inmitten eines wirren Haufens der allerliebsten Leckereien.

»Das lob ich mir! Alles feinste Delikatessen!«

»Was fällt dir ein, du kleiner Wicht! Das ist mein Haus! Und somit sind diese Sachen auch meine. Lass die Finger davon!«

»Mark war nicht so unfreundlich. Übrigens, ich heiße Fridolin.« Die Maus stemmte die Ärmchen in die Seite und baute sich vor Berta auf. »Du kannst mir gar nichts!«

»Was hast du hier zu schaffen?«

»Ich habe in den letzten Tagen all den Mist gesammelt, den Mark hier überall im Haus verteilt hat. Was nicht mehr zu gebrauchen war, habe ich entsorgt und das hier«, meinte Fridolin mit einer ausladenden Handbewegung, »ist der Rest. Alles extrem lecker und auch kalt genießbar. Willst du ein Stück?« Er hielt Berta einen dicken Klumpen Käse hin. »Er riecht streng, schmeckt aber hervorragend.«

Die Ratte amüsierte sich sichtlich über den kleinen Kerl, der da inmitten all der Leckereien stand und sich offensichtlich die besten Stücke gesichert hatte.

»Das könnte ein Festmahl werden!« Sie nahm einen Bissen von dem Käse. »Hast du vielleicht auch was zu trinken? Rotwein zum Käse! Ein Gedicht!«

»Nur das Beste, Gnädigste.« Fridolin schob eine Flasche aus der dunklen Ecke der Speisekammer ins Licht. »Bitte schön, nur aufmachen musst du sie selbst.«

»Ein Leichtes für mich.«

Berta griff den Korken. Mit einem Riesensatz landete er auf dem Boden und kullerte vor Fridolins Füße, während sie einen kräftigen Schluck nahm. Sie wischte sich einen Tropfen aus ihrem Bart. »Mark hat Geschmack, das muss man ihm lassen. Toll, dass du das alles in Sicherheit gebracht hast.«

Diese Logik folgte Fridolin nur allzu gerne. Er war die letzte Zeit recht einsam gewesen, Mark hatte nicht viel für ihn übrig gehabt. Und Berta schien nett zu sein, auch wenn er als Maus nicht ganz vorurteilsfrei ihrer Rasse gegenüber war.

»Was mache ich jetzt?« Bertas Zunge war etwas schwer geworden, die Stimme gehorchte ihr nur mehr schwerfällig, eine Folge des Weins, den sie in den vergangenen Stunden getrunken hatte. Sie rieb sich den Bauch. Schmatzend und schlürfend hatten sie und Fridolin auf dem Boden der Speisekammer gesessen und sich die Geschichte vom bunten Hund und anderen Nichtigkeiten und Abenteuern berichtet.

Fridolins Bauch war zu einer kleinen runden Kugel angewachsen. »Ich krieg nix mehr runter. Ein Bissen noch und ich garantiere für nichts mehr!«

»Ich will davon nichts hören, mein Lieber.«

Fridolin hatte nicht den Hauch einer Chance. Augenblicke später ließ sich Berta rücklings auf den Stapel leerer Kartons und sonstigem Müll fallen. Ihr Magen rebellierte und sie spürte, wie Fridolin gegen die Bauchdecke polterte. Sie erinnerte sich plötzlich der letzten Worte, die Mark ihr noch nachgerufen hatte: Magendrücken wird dein kleinstes Problem werden! Sie seufzte. »Ab morgen beginnt ein neues Leben. Am besten mit einer strengen Diät.«

•

Hannah erwachte schweißgebadet.

Ihr Herz klopfte bis zum Hals. Sie atmete erleichtert auf. Gottlob, es war nur ein Traum gewesen.

»Da ändert auch Berta nichts dran!« Sie schmunzelte. »Wenn du brav bist, Berta, dann hast du von mir nichts zu befürchten.«

Die letzten Kartons hatte sie am Abend zuvor ausgepackt und mit der Holzkiste auf den Speicher getragen. Die Uhr hatte wieder ihren Platz auf der Kommode im Wohnzimmer bekommen.

Seit sie den Mechanismus in Gang gesetzt hatte, tickte es vernehmlich. Hier läuft sie, dachte Hannah erstaunt und zufrieden. Jetzt sah sie irgendwie richtig nett aus mit all dem glänzenden Zierrat.

»Sie passt hierher. Ob das auch für mich zutrifft?«, murmelte sie, während sie mit einem Kaffee auf die Terrasse hinaustrat. Hannah blinzelte in die Sonne.

Ja, es fühlt sich richtig an.

In diesem Moment drang ein leises Rasseln aus dem Haus. Dann setzten zwölf melodische Schläge ein, die an das Rufen einer Eule erinnerten.

Das Debüt

»Bist du bereit?« Dora saß am Klavier und beobachtete Evas Körperhaltung und ihren Gesichtsausdruck. Das Intermezzo aus Cavalleria Rusticana[1] von Pietro Mascagni kannte sie auswendig, sie hatte es oft genug gesungen. »Pause, Eva. Das klingt gut, du hast viel geübt. Die Santuzza ist keine leichte Partie.«

»Danke, Dora. Ich habe mir die Seele aus dem Leib gesungen.« Eva schnappte hörbar nach Luft.

Dora legte ihre Hand auf die Evas. »Wie willst du eine große Sängerin werden, wenn du außer Atem kommst? Wagner mit seinen schweren Opern, da brauchst du viel Luft. Ich bin überrascht, wie reif deine Stimme klingt. In deinem Alter war ich noch nicht so weit. Du hast alle organischen Voraussetzungen, kraftvoll zu singen.«

»Ich danke Ihnen, Dora. Sie glauben an mich?«

»Du wirst zu den Großen gehören können.« Sie wies auf die Partitur. »Jetzt konzentriere dich darauf. Das Ave Maria braucht Anmut, Demut und

---

[1] https://de.wikipedia.org/wiki/Cavalleria_rusticana

Gefühl. Du bist auf dem richtigen Weg. Eva Maria Stamm. Den Namen muss man sich merken.«

Sie spielten und sangen noch eine ganze Weile. Dann kam Santuzzas Solo auf den Stufen der Kirche. Eva ging auf die Knie, mit gefalteten Hände ging ihr Blick gen Zimmerdecke. Sie begann zu singen, begleitet von Doras Klavierspiel. Diese hatte Mühe sich auf ihr Spiel zu konzentrieren; sie hatte nur noch Augen für die leidenschaftliche Santuzza. Sie ließ die Hände in den Schoß sinken und gemeinsam sangen sie die letzten Verse a capella.

Mit einem Glas Wein in der Hand sah Dora gedankenversunken von der Terrasse aus auf ihr Tal. Sie hatte sich ihren Flanellmantel übergestreift, es war kühl geworden. Die Terrassenbeleuchtung tauchte ihre Welt in ein friedliches Licht. Die bürgerliche Welt schien ebenso weit weg wie die Jahre, in denen sie als Wagnersängerin gefragt gewesen war. Den Applaus konnte sie heute noch hören, wenn sie sich die Bilder in Erinnerung rief oder Videomitschnitte ansah. Internationale Anerkennung von Kritikern war ihr gewiss gewesen. »Jetzt sind andere dran. Das Programm läuft ohne mich«, meinte sie nicht ohne Wehmut, wenn sie auf ihre Karriere angesprochen wurde. Die Luft war erfüllt von den Klängen ihres Ave Maria, mit Mühe konnte sie an sich halten mitzusingen. Das wäre ein feiner Spaß, dachte sie lächelnd. Mitten in der abendlichen Stille hinein würde ihre Stimme bis zu den Nachbarn reichen. Diese Musik – ihre Musik – linderte manche Seelenqual und verlieh den schönen Erinnerungen einen bunten Rahmen. Vor ihr erstand jenes Bild ihres eigenen Debüts. Sie war nicht viel älter gewesen als Eva jetzt. Ach, wie hatte sie sich vor der Premiere gefürchtet und sie zugleich herbeigesehnt! Ihr liefen Schauer den Rücken runter, wenn sie daran zurückdachte.

»Da müssen alle durch. Entweder du schaffst den Schritt und dir liegt die Welt zu Füßen, oder dein Stern verglüht, bevor der Vorhang fällt.«

Für sie war der letzte Vorhang vor langer Zeit gefallen. Sie hatte gerade eine freie Saison, wie sie es nannte, und war ohne festes Engagement gewesen. Da wurde ihre Mutter krank – und sie fühlte sich in der Pflicht. Sie hatte geglaubt, es würde sich um wenige Wochen handeln, bis diese wieder für sich sorgen konnte. Aus wenigen Wochen, in denen das Leben der Mutter zeitweise am seidenen Faden hing, wurden mehr als zwei Jahre! Es war vorausschaubar, dass sie mit ihrer Mutter die Hoffnung auf einen Neustart auf der Bühne begraben musste. Die großen Partien wurden mit anderen Künstlern besetzt, die Nebenrollen nährten sie kaum. Ein paar Mal hatte sie das Glück lukrativer Gastspiele im Ausland, den Sprung zurück auf die großen Bühnen schaffte sie nicht mehr. Wenn sie von der Presse oder alten Kollegen auf ihre »guten Jahre« angesprochen wurde, legte sich Bitterkeit auf ihr Gemüt. Sie trank das Glas leer und schloss müde die Terrassentür.

•

»Liebe Dora, für Ihre Unterstützung und Zuneigung danke ich Ihnen herzlich. Ich würde mich freuen, wenn Sie zu meiner Premiere kommen wollen. Ich habe Karten für Sie reservieren lassen. Steiner freut sich auch auf Ihr Kommen. Mir wäre es eine große Freude, das Ave Maria für Sie singen zu dürfen. – Ihre große Verehrerin, Eva Maria Stamm.«

Damit hatte sie nicht gerechnet! Eva war ein paar Mal in den letzten Wochen bei ihr gewesen, sie hatten zusammen gesungen und gespielt. Dora hatte Anekdoten aus ihrem Schatzkästchen gekramt und Eva an ihren Lippen gehangen. Sie mochte »ihre Kleine«, wie sie Eva scherzhaft nannte. Und sie freute sich mit ihr über den ersten Schritt auf die Bühne, die ihr die Welt bedeutet hatte.

Dann steht einem schönen Abend nichts mehr im Weg, dachte sie bei sich, während sie ihren Wagen in die Tiefgarage des Schauspielhauses lenkte. Über den Bühneneingang gelangte sie ungesehen ins Theater. Sie wollte sich nicht an den Presseleuten vorbeihangeln müssen. Sie mochte es nicht, wenn sie ihr sagten, wie schade es wäre, dass sie nicht mehr …

Steiner, ihr ehemaliger Kollege, kam glänzend gelaunt auf sie zu. »Es ist schön, dich an alter Wirkungsstätte zu sehen, Dora.«

Sie empfing ihn mit einem Lächeln im Gesicht. »Es weckt Erinnerungen. Ich habe den großen Auftritt vor den Leuten genossen, mit all den Allüren, die man einer Diva zuspricht. Um dem Bild der anderen zu entsprechen und um mir Mut zu machen. Nichts anderes ist es – eine Maske für die Schüchternheit. Heute brauche ich das nicht mehr.«

»Unsere Zeit ist lange vorbei. Ich denke mit Stolz an meine Zeit auf der Bühne zurück. Bin froh, jetzt hinter den Kulissen neue Sterne zu formen.«

»Du hättest noch viele lohnende Rollen haben können, Steiner. Dir hat man alles abgenommen.«

»Der verspätete Ziegenpeter hat mir die Suppe versalzen. Was soll es? Die Zeit ist nicht aufzuholen. Lehrer sein und sehen, was aus meinen Schülern wird, ist befriedigender als der ganze falsche Glanz und das Drumherum. Ich hetze nicht von einem Haus zum nächsten, in der Hoffnung auf ein Engagement. Du weißt, wie schwer das alles ist, Dora.« Steiner führte Dora zu ihrem Platz und setzte sich neben sie. Er wies mit einem Blick auf die Bühne, deren schwere Vorhänge sich sanft bewegten. »Die Kleine hat sich gut entwickelt, dank deiner Mitwirkung. Aus ihr wird mal was, denke ich.«

»Weiß man das? Ich wünsche es ihr von ganzem Herzen. Wenn sie nicht die gleichen Fehler macht, wie ich, stehen ihr alle Türen offen.« Dora sah mit bekümmertem Blick zu Steiner hinüber und dachte an das einmalige Angebot für ein Gastspiel an der Met, dass sie damals ausgeschlagen hatte. New York, New York! Hinterher erst war ihr bewusst geworden, was der Sprung über den Ozean hätte bedeuten können. Dora schluckte die Bitterkeit herunter.

Steiner nickte. »Wenn sie das hier heute Abend wuppt, steht einer steilen Karriere nicht mehr viel im Wege, außer eine zu kritische Journaille.«

»Eva kommt nicht schlecht weg. Das glaube ich nicht. Mal sehen, ob es noch andere Sterne gibt.«

»Ein paar Edelsteinchen haben wir geschliffen.« Steiner lehnte sich zufrieden zurück. Die Vorstellung würde bald beginnen. Gegeben wurde Cavalleria Rusticana, für das Eva das Intermezzo singen sollte, und Ausschnitte aus anderen Opern und Operetten, die in der kommenden Saison zur Aufführung kommen sollten. Die neuen Sänger durften sich dem Publikum präsentieren und dieses bekam einen Überblick über den nächsten Spielplan.

Im Graben stimmten sich die Musiker ein. Bis auf wenige Ausnahmen waren alle Plätze des Zuhörerraums besetzt und aus den angrenzenden Logen waren Getuschel und Stühlerücken zu hören. Sie warteten auf den Beginn der Vorstellung, die ein lauter Tusch des Orchesters ankündigte.

Dora verfolgte die Aufführung mehr beiläufig. Mit einer Hand griff sie in den kleinen bunt bemalten Karton vor sich auf dem Tischchen gefüllt mit ihrem Lieblingskonfekt. Steiner wusste sie zu verwöhnen. Mit schwitzigen Händen harrte sie auf Evas Solo.

Dann endlich: Eva im Kostüm der Santuzza trat auf die Bühne, eingetaucht in das warme Licht einer Morgendämmerung stand sie auf der Treppe einer Kathedrale. Sie fiel auf die Knie, hob flehend die Hände zum Himmel und sang das Ave Maria.

Dora genoss diesen Augenblick, der ihr wie für sie gemacht vorkam. Ihre Füße wippten im Takt und ihre Hände wiegten sich in der eingängigen Melodie. Steiner beobachtete aus den Augenwinkeln, dass Doras Augen feucht glänzten.

Die Szenerie hellte sich auf. Ein Rauschen schwoll an. Die in allen Ecken flammenden Fackeln, deren Feuerzungen im Gleichklang mit der Musik züngelten, verloren mit der aufkommenden Helligkeit ihre Kraft und mit dem letzten Ton verlöschten die Flammen. Als Santuzzas Solo endete, schien Eva verändert wie die Kulisse. Stolz und zugleich demütig genoss sie den brausenden Beifall. Die Kollegen stürmten herbei, von der Decke wirbelte Konfetti wie Schneeflocken in einem Schneesturm. Das Publikum klatschte begeistert und freudige Pfiffe gellten durch den Saal. Zu den Darstellern gesellten sich der Intendant, der Orchesterchef und all die stillen Mitwirkenden hinter den Kulissen.

Dora erhaschte Evas dankbaren Blick. Sie fühlte sich gut, sehr gut. Sie erkannte in Eva ihr eigenes Talent, das sie bis an die Spitze der ernsthaften Sänger und Mimen gebracht hatte.

»Mögen diese jungen Talente weiße Leinwände und die Bretter, die einst unser Wohnzimmer waren, mit Leben füllen.« Eine Träne bahnte sich ihren Weg über ihre Wange, während sich der letzte Vorhang schloss.

Steiner nickte und legte sanft seine Hand auf die ihre. »Das werden sie.«

•

Dora war eines hellen Tages im Frühling erstmals in dieses Zimmer geführt worden. Sie erinnerte sich aber nicht mehr an den Geruch von fremden Menschen, die sonderbaren Geräusche, das klappernde Geschirr und die schlurfende Schritten auf dem Flur. Sie lag in diesem frischbezogenen Bett, das nach nichts roch. Ihr Blick wanderte unstet umher und blieb am Nachtschrank hängen, auf dem vertraute Augen aus einem Bilderrahmen sahen. Sie lächelte und ihre faltige, schlanke Hand griff danach.

Doras Gedanken verloren sich.

Sie sah das Wasser zur rechten Zeit auf den Strand streben und wieder abfließen. Hin, her, her, hin. Manchmal erhaschte sie einen Blick auf die Bäume, deren dicht belaubte Äste sich im Wind wiegten. Ein anderes Mal folgte sie den Wolken, die ihren Weg gingen. Manchmal ließen sie ein paar Regentropfen das Fenster hinabgleiten, die vom ersten Sonnenstrahl aufgesogen wurden. Weg waren sie. Und wenn es dunkelte, zählte sie die Lichter der Laternen auf der anderen Seite der Fensterscheibe. Eins, zwei, drei, vier, fünf. Eins, zwei, drei, vier, fünf. Bis ihr die Augen zufielen.

Kurz nach Sonnenaufgang kamen die Elfen fast lautlos zu ihr. Sie schoben die Vorhänge zurück und richteten das Bett. Sie strichen ihr mit einem Kamm durchs Haar. Sie reichten ihr eine Tasse, aus der sie in kleinen Schlucken trank, sie drängten ihr in Häppchen geschnittenes Brot auf. Wenig später schloss sich die Tür und sie war allein mit den Geräuschen, die gedämpft zu ihr drangen. Sie waren nicht mehr fremd, aber den Ursprung kannte sie nicht. Sie aber hatte jedes Zeitgefühl verloren. Die Elfen gaben ihr Halt, sie kamen immer.

Besonders eine Elfe hatte sie ins Herz geschlossen. Sie setzte sich manchmal zu ihr und hielt einen Moment ihre Hand. Dann drückte Dora sie leicht und lehnte sich zufrieden zurück ins Kissen. Die Stimme der Elfe führte sie sanft und warm durch die Zeit.

Mit geschlossenen Lidern atmete sie den Duft der Rosen, von denen sie ihr erzählte. Sie hörte die Wellen an die Felsen schlagen, wenn sie vom Meer berichtete. Luftballons stiegen flatterhaften Schmetterlingen gleich in den Himmel, der sich hellblau über schneebedeckte Berge legte. Silbrig glänzende Fische zappelten im gespannten Netz; den ein oder anderen gelang die Flucht durch die Maschen. Es tanzten zweibeinige Schatten auf luftigem Parkett, eng umschlungen zu sanften Klängen oder mit fuchtelnden Armen und Beinen zu leidenschaftlicher Musik. Doras Helden folgten den dutzendfach ausgetretenen Pfaden, sie litt mit ihnen, wenn es das Schicksal nicht so gut mit ihnen meinte. Sie feierte den glücklichen Sieg, stritt, weinte und lachte zur gleichen Zeit. Glaubte sie, die Geschichte zu kennen, weiteten sich ihre Augen überrascht, wenn sie doch eine andere Wendung nahm. Es formte sich ein Gestern, das einen Moment lang lebendig wurde, oder das Morgen grüßte aus der Ferne.

Am Ende schloss sie müde die Augen, die letzten Bilder in ihre Träume mitnehmend. Wenn Eva das gleichmäßige Atmen vernahm, legte sie das Buch in den Schoß. Eines Tages würde Doras graugrüner Blick ihr nicht mehr zur Tür entgegenkommen oder versonnen lächelnd ihrer Stimme lauschen. Es stimmte sie traurig.

Manchmal fragte sie sich nach dem Sinn ihres Tuns. Doch sie gab sich stets die gleiche Antwort: Sie besuchte Dora gerne, die Selbstvergessene, die von der Welt selbst vergessene.

Sie mochte die Bewohner, für sie war es mehr als ein Job! Das Lächeln der »alten Mädchen«, wie sie scherzhaft die mehr oder weniger verirrten Bewohner der Pflegestation nannte, entschädigte sie mit heiter klingenden vertrauten Weisen, vorgetragen von brüchigen Stimmen. In ihren Augen schien das Gestern nostalgisch verklärt und seltsam lebendig. Einen Moment hielt dann die Zeit an, die Zeiger der Uhr wanderten sogar rückwärts, so schien es. Es wurde von tiefen Wassern, hellen Himmeln, Prinzessinnen und Königen gesungen. Es wurde vom Apfel aus Nachbars Garten berichtet, für dessen Raub eine Tracht auf die kurzen Lederhosen oder Kleidchen der Lohn war. Es wurde von längst vergangenen Kriegen und Vertreibung erzählt, von Hunger und Durst, vom kargen Leben danach, wie es sich wieder festigte und bunt wurde.

Augenblicke später wanderten die Blicke ziellos umher, verloren in Raum und Zeit. Die Gegenwart war nicht greifbar, die Vergangenheit hinter faltigen Lidern gefangen, unfähig in eine Zukunft zu sehen. Dort lauerte das Unbekannte.

Was erwartete einen hinter der Kurve, um die so mancher Bettnachbar vorausgeeilt war? Der Grat, an dessen Rand das Vergangene ausgelöscht und sie nie da gewesen sein würden?

•

Frische Herbstluft drang durch das weit geöffnete Fenster herein. Eva atmete tief ein – noch konnte sie den vertrauten Geruch wahrnehmen – und ihr Blick wanderte über das frisch bezogene Bett und die leeren Schränke. Die Blättchen der Birke wiegten sich sacht. Eva legte den Bilderrahmen mit den Fotos aus alten Zeiten zu den Büchern in den Umzugskarton. Das Seidenpapier raschelte laut, und es schmerzte in ihren Ohren, als sie den Deckel schloss. Gewohnte Geräusche, Lachen, Stimmengewirr und das Klappern von Geschirr drangen wie von fern zu ihr. Sie trat auf den Gang und erschrak, als die Tür unsanft ins Schloss fiel.

Die Glückseligkeit des Himmels

Die Gräber waren für die bevorstehenden Ostertage hergerichtet. Sie leuchteten in allen Farben
und verbreiteten eine fast heitere Stimmung. Bei
der alten brüchigen Mauer richtete Willi, der alte
Friedhofsgärtner, ein frisches Grab. Fast liebevoll
zupfte er die Fahnen zweier schlichter Kränze zurecht und pflückte eine welke Rose aus dem einzigen Strauß. Dann blickte er zufrieden auf den
Grabhügel und wandte sich ab.

Seine Schritte knallten wie Pistolenschüsse auf
dem Kiesweg. Seit fünfzig Jahren war Willi hier
jetzt Gärtner. Und auch seit er in Rente gegangen
war, hatte er hin und wieder einem Menschen die
letzte Ruhestätte bereitet. Doch nur selten hatte es
ihn so berührt. Er schnäuzte leise, wie um die Ruhe der Toten nicht zu stören, und setzte sich einen
Moment auf die Bank in der Nähe. Dabei schüttelte er sein altes Haupt.

Er machte seine Arbeit gern, füllte sie doch die
langen Tage aus, seit er seine Frau schon vor vielen
Jahren hier beerdigt hatte.

Er machte immer noch eine gute Figur in der grünen Arbeitsjacke und der dunklen Hose, die von verblichenen Hosenträgern über dem kleinen Bäuchlein gehalten wurde. Sein Haar war in den weit über achtzig Jahren seines Lebens weiß und licht geworden. Wer in seine wachen stahlgrauen Augen unter den buschigen Augenbrauen sah, meinte fast in das starke Angesicht eines alten Adlers zu schauen.

»Was der Herr sich dabei gedacht hat? Ein halbes Leben lang waren sie ein Paar, und nun sind sie im Tod wieder vereint. Eigentlich hat niemand aus dem Dorf sie wirklich gekannt, und noch weniger scheint es die Leute zu bewegen, dass sie uns so still wieder verlassen haben, wie sie vor Jahren gekommen waren. Nicht einmal einen letzten Gruß haben sie für sie übriggehabt.« Mit einem grauen Lappen wischte er über die Schaufel. »Der Pastor, natürlich, die Gemeindeschwester und der Bestatter waren da. Aber sogar sie hat es nach der schlichten Feier schnell wieder fortgetrieben, ganz so, als habe man den gleichförmigen Alltag nur widerwillig unterbrochen.«

Wenn er ehrlich vor sich und dem Herrn war, hatten sie ihn bis jetzt auch nicht weiter interessiert. Er hatte sie eigentlich erst wahrgenommen, als Andrea, die ältere der beiden, vor ein paar Tagen in sich zusammengesunken auf eben dieser

Bank gesessen hatte. Das war am Tage der Beerdigung der Jüngeren, Monika, gewesen. »Und nun hatte der Herrgott auch sie zu sich geholt. Eine hatte es ohne die andere nicht lange im Leben gehalten«, bemerkte er gedankenvoll.

Er erinnerte sich noch gut daran, wie die beiden Frauen in das Haus eingezogen waren, das zuvor einer alten Operndiva gehört hatte. Man erzählte sich, dass sie wieder nach Österreich gegangen sei, wo sie noch ein anderes altes Anwesen besaß.

Eines Tages waren sie mit einem klapprigen Lastwagen erschienen und hatten ihre Habe ausgeladen. Dabei lachten sie viel und scherzten miteinander; sie schienen ganz gut allein zurechtzukommen. Er hatte damals dem Treiben eine Weile von der Ferne aus zugeschaut und einen Moment lang überlegt, ob er ihnen seine Hilfe anbieten sollte, dann aber doch gezögert. Warum, das konnte er nach all den Jahren nicht mehr sagen.

In diesem Augenblick ertönten die Kirchenglocken zur täglichen Abendmesse. Willi erhob sich langsam und blickte bekümmert auf das Doppelgrab. »Da werden sich jetzt all jene einfinden, die nicht zur Totenmesse gegangen sind. Irgendwie scheinheilig.«

Morgen würde er die Kränze abräumen und das Grab für die Ostertage herrichten. Er hatte das Gefühl, es ihnen schuldig zu sein. Mit schweren

Schritten ging er über den frisch geharkten Weg zum Ausgang, verschloss sorgfältig das große Tor. Dann ging er langsam über die Straße zu seinem kleinen Häuschen.

•

Andrea nahm die ersten Anzeichen des kommenden Frühlings überhaupt nicht wahr. In ihrem dunklen Mantel, der eigentlich viel zu warm war, wirkte sie noch zierlicher, als sie es ohnehin war. Um das graue, kurz geschnittene Haar trug sie ein schwarzes Band, dessen Enden bis auf die Schultern fielen. Immer wieder erzitterten ihre Schultern von lautlosen Schluchzern und ihre Hände strichen fast zärtlich über das harte kalte Holz der Bank. Ihre blauen Augen schauten traurig auf die wenigen farbenfrohen Blumengebinde und Kränze des frisch aufgeschütteten Grabes. »Ja, das waren wundervolle Zeiten gewesen, nicht wahr? So schön, so viele Jahre und doch viel zu kurz«, flüsterte sie mit zitternder Stimme in Richtung des schlichten Holzkreuzes, an dem nur ein bescheidenes Zettelchen angeheftet war.

Sie schleppte sich die wenigen Schritte auf ihrem Stock bis zu dem Hügel, der in vielen Farben leuchtete, und blinzelte mit leergeweinten Augen in den azurnen Himmel. »Moosröschen, Freesien und Kornblumen, deine Lieblingsblumen. Sie leuchten in der Sonne, siehst du das? Ich weiß, was du jetzt sagen würdest: Es sind doch viel zu viele. Aber mehr habe ich einfach nicht auftreiben können.«

Ihre Schultern erzitterten immer wieder. Sie wischte sich die Tränen aus den blauen Augen und schnäuzte. »Du bist viel zu früh gegangen. Weißt du das, mein Engel? Wir hatten doch noch so viel vor. Das war nicht fair von dir! Was soll ich denn jetzt machen? Ohne dich!« Ihre Stimme war fast vorwurfsvoll. »Die Wohnung ist so leer, dein Bett verwaist und das Laken kalt. Nirgends höre ich dich rufen. Es ist so still im Haus, dass ich fast die Holzwürmer miteinander um die besten Plätze im Schrank streiten höre.«

Ein feines Lächeln huschte bei diesem Gedanken über ihr betagtes Antlitz, dessen pergamentene Haut grau und eingefallen war. Nicht nur die vergangenen Tage hatten ihre Spuren hinterlassen.

»All unsere Jahre waren schön; nicht einen Tag möchte ich missen. Nie hätte ich gedacht, dass du vor mir gehst, schließlich bin ich die Ältere. Es ist kalt ohne dich, Moni. Du hättest nicht gehen dürfen.«

Sie schüttelte den Kopf und zog den Mantel enger um die Schultern. Sie fror, obwohl die Sonne in diesen Tagen schon viel Kraft hatte.

»Nicht jetzt, nicht so plötzlich, ohne ein Wort und ohne einen letzten Kuss. Ist es da, wo du jetzt bist, wärmer? Es kommt mir fast so vor, als lägst du gar nicht darin. Du bist bei mir; ich spüre es ganz deutlich. Es ist schön, dass es dich gibt, Moni«, flüsterte sie zärtlich. Dabei strich sie über das Holzkreuz und nahm den kleinen Zettel ab. Dann holte sie ihre Geldbörse hervor und steckte ihn ein. Bald würde die Sonne hinter dem Horizont verschwinden und einer weiteren trostlosen Nacht Platz machen.

»Zeit ist ein kostbares Gut, das gemeinsam erlebt, für die Ewigkeit reicht. Jahre vergehen, die Welt ändert ihr Gesicht, das Foto vergilbt, nur die Erinnerung nicht.« Das hatte Monika ihr einmal in einem ihrer vielen Briefe geschrieben. Obwohl sie fast jeden Tag zusammen gewesen waren, hatte sie es sich nicht nehmen lassen, ihr ab und zu einen Liebesbrief aufs Kopfkissen oder neben die Kaffeetasse zu legen. Sie hatten diese dann zumeist gemeinsam gelesen. Und auch später hatten sie noch oft darin geschmökert und sich an ihre früheste Zeit erinnert. So waren über die Jahre viele ihrer Erlebnisse lebendig geblieben.

Da hörte sie plötzlich jemanden rufen. Der alte Friedhofsgärtner kam auf sie zu. »Sie müssen jetzt gehen.«

»Ja, ja. Nur noch ein Weilchen, bitte. Ja?«

»Ich würde Sie ja noch hier sitzenlassen, aber es ist schon spät und außerdem wird es gleich dunkel.« Er blickte sie freundlich und fast väterlich an und reichte ihr seinen Arm. »Kommen Sie. Morgen früh mache ich das Grab schön, dann können Sie mir dabei zusehen.«

»Das ist sehr lieb von Ihnen.« Sie blickte auf das in der Dämmerung liegende Grab. »Fast vierzig Jahre, da ist es schwer, Abschied zu nehmen.«

»Das glaube ich Ihnen gern«, entgegnete Willi mitfühlend. »Auch ich habe vor ein paar Jahren meine Frau hier begraben. Wir waren unser ganzes Leben zusammen. Aber es bleibt uns nichts Anderes als zu gehen.« Dann meinte er plötzlich: »Ich schließe jetzt die Tore und dann hole ich Sie ab. So haben Sie noch ein paar Minuten.«

»Das ist sehr lieb von Ihnen. Wie kann ich das wiedergutmachen?« Sie stolperte fast, als sie sich wieder auf die Bank fallenließ.

»Lassen Sie es gut sein. Bis gleich.«

Sie wollte nicht in das Häuschen zurück, das so viele Jahre ihre und Monikas Heimat gewesen war. »Ich mag jetzt gar nicht allein sein. Es ist das erste Mal seit Langem. Aber ich bin müde, verzeih mir, bitte. Ich denke an dich, mein Liebes.« Sie blickte noch einmal auf das Grab, das jetzt fast unheimlich wirkte, und hauchte einen Kuss in die Luft. »Schlaf gut, Moni.« So hatten sie es immer gemacht; ohne

Gutenachtkuss hatten sie nicht einschlafen können. Und sie glaubte, Monikas Stimme zu hören: Gute Nacht, Andi, träume etwas Schönes.

In diesem Augenblick kam Willi über den Kiesweg zurück. »Jetzt wird es Zeit.«

Sie nickte wortlos, während sie noch einmal auf den bunten Grabhügel blickte. Dann hakte sie sich bei ihm ein, und er schob sie fast den Weg entlang. Schweigend gingen sie eine Weile nebeneinander. »Ich habe mich noch gar nicht vorgestellt: Schmid, Wilhelm Schmid. Aber, bitte, nennen Sie mich doch Willi.«

»Weber, Andrea. Sind sie zu allen Menschen so, Willi?« Sie sah ihn von der Seite an. »Wir haben Sie oft hier auf dem Friedhof arbeiten sehen, und doch nie ein Wort miteinander gewechselt.«

»Es ist ein schöner Platz, wenn man nicht gerade einen Menschen hier begräbt.«

»Ja, das stimmt.«

So oft war sie mit Monika hier entlang gekommen. Sie kannte fast jede Inschrift und ein paar der Menschen, die hier begraben waren. Nun sollte hier auch ihre Liebe ruhen. Aber vergehen wird sie nie!

»Soll ich Sie nicht lieber nach Hause begleiten, Andrea?« Das große Tor knarrte heftig, als Willi es sorgfältig verschloss. Ich werde es morgen wohl einfetten müssen, dachte er.

»Das ist nicht nötig. Gute Nacht, Willi. Danke.«

»Das habe ich doch gern getan. Gute Nacht.«

Schon von Weitem sah sie ihr kleines Heim in der Dämmerung. Es stand fast verloren zwischen den großen Anwesen. Die Fassade hätte schon länger einen neuen Anstrich nötig gehabt, wie auch die Fensterläden, an denen die grüne Farbe wohl nur noch aus Barmherzigkeit kleben blieb. Aber es war ihr gemeinsames Heim über so viele Jahre gewesen.

Erschöpft sank sie wenig später auf den Stuhl in der Küche. Sie hatte nicht die Kraft, ihren Mantel auszuziehen.

•

Sie erhob sich leise, damit Moni noch schlafen konnte, und ging hinunter in die Küche. Dann stellte sie den Wasserkessel auf den Herd und holte die Zeitung herein. Wenig später saß sie bei der ersten Tasse Kaffee und überflog die Zeitung. Mit der zweiten ging sie ins Schlafzimmer hinauf und stellte sie auf dem Nachttisch ab.

»Guten Morgen, du Langschläfer«, flüsterte sie und fasste Moni an die Schulter. Doch diese rührte sich nicht. Sie rüttelte sie noch einmal, doch wieder rührte sie sich nicht. »Moni, dein Kaffee steht schon da.«

Sie nahm ihre Hand; sie war schlaff und fühlte sich befremdlich an. »Was ist mit dir?«

Da dämmerte es ihr jäh! Starr vor Schreck, Entsetzen und Angst rief sie immer wieder nach ihr. »Moni, Moni.« Doch ihre Liebe rührte sich nicht.

Dann ging sie wie von selbst zum Telefon hinunter und rief den Notdienst.

Während sie auf den Arzt wartete, setzte sie sich aufs Bett und ließ ihren Kopf auf die kalte Brust sinken. Sie streichelte das wächserne Gesicht und küsste es innig. Sie liebkoste die Stirn, die Nase und den Mund – immer wieder und wieder – und ihre Lippen bewegten sich dabei tonlos. Warum nur, mein Liebes? Warum du, warum jetzt?

Der Arzt konnte nicht viel mehr tun, als Andrea unten im Wohnzimmer auf das Sofa zu betten und ihr eine Spritze zu geben. Dann rief er den Pastor und die Gemeindehelferin.

Andrea hörte wie von weit her Stimmengewirr.

»Bleiben Sie, solange Sie gebraucht werden. Ich werde alles andere veranlassen.«

»Ja, natürlich. Ich bleibe bei ihr«, erwiderte eine Frauenstimme. Dann fiel die Haustür ins Schloss.

Andrea nickte ein. Als sie wieder erwachte, reichte ihr jemand eine Tasse Tee. »Trinken Sie das, es wird Ihnen guttun.«

Die Frau setzte sich neben sie auf den Sessel und blickte sie aus warmen braunen Augen an. Sie war etwa Mitte vierzig und hatte etwas Mütterliches an sich. Im gleißenden Sonnenlicht, das durch die Fenster hereindrang, schimmerten ein paar graue Strähnen in ihren braunen Locken.

»Haben Sie auch einen Namen?«, fragte Andrea mit schwacher Stimme.

»Ja, natürlich. Margot Krause, aber für Sie auch nur Margot. Ich bin die Gemeindeschwester.« Die Frau sah sie lächelnd an. »Ihre Lebensgefährtin ist noch oben. Möchten Sie zu ihr, Frau Weber?«

Andrea sah sie unverwandt an, unfähig ein Wort zu erwidern. Sie nickte nur stumm und ließ sich die Treppe hinaufführen. Vor dem Schlafzimmer, dessen Tür nur angelehnt war, blieb sie einen Moment stehen. »Sie sah so aus wie immer, fast als schliefe sie nur. Wie lange mag sie wohl schon so neben mir gelegen haben? Ich habe wirklich nichts gemerkt. Ich möchte allein sein«, sagte Andrea plötzlich mit fester Stimme. »Bitte, warten Sie hier, Margot.«

Margot trat einen Schritt zur Seite. Sie hatte schon oft solche Tage miterlebt und wusste, wann sie sich anbieten und wann sie sich zurückhalten müsste. Und doch war es auch für sie jedes Mal eine beklemmende Situation. Sie würde später Zeit haben, über alles nachzudenken; jetzt tat sie ihre Pflicht.

Monika lag da wie schlafend. Sie hatte die Hände

vor der Brust gefaltet und auf ihrem Gesicht lag ein sanftes Lächeln. Sie hatte in ihrem langen Leben schon so manchen Menschen im Tod gesehen, aber nur wenige hatten ihr Herz gerührt wie dieser Anblick. Es schnürte ihr die Kehle zu und das Atmen fiel ihr schwer. Aber vielleicht lag das auch an dem sonderbaren Geruch, eine seltsame Mischung aus feierlichen Düften, gepaart mit dem Vertrauten.

Sie trat zögernd auf das Bett zu und setzte sich auf den Stuhl neben dem Kopfende. Dann strich sie über die kalten Hände und das bleiche Gesicht. »Du siehst so aus wie immer und doch ist alles anders. Was soll jetzt werden?«

Sie küsste die Stirn und zögerte einen Moment, ehe sie ihrer Lebensgefährtin einen Kuss auf die Wange hauchte. So vertraut ihr diese Geste auch war, jetzt hatte sie plötzlich etwas Befremdendes. »Du bist sogar noch ein wenig warm. Und doch spüre ich die immer größer werdende Kluft. Du bist da, und doch schon so unendlich weit fort, dass ich dich nicht mehr erreichen kann. Ich habe gar nicht gemerkt, dass sie dich holen kamen. Vier Englein in weißen Gewändern mit einem großen Leinentuch. Hast du wirklich nicht laufen müssen? Das war doch dein Bild, vier Englein, die dich heimtragen.« Ein winziges Lächeln kräuselte die blassen Lippen.

»Was soll jetzt werden? Wir haben nie darüber gesprochen. Wir hätten es aber tun sollen!«

Sie ließ die Hände in den Schoß sinken und die Tränen fielen einfach darauf. Sie suchte in ihrem Morgenmantel nach einem Taschentuch und putzte sich so leise wie möglich die Nase, wie um Monikas Ruhe nicht stören. »Wie seltsam«, meinte sie zu sich. Durch die beiden halb geöffneten Fenster drangen die gewohnten Geräusche des Dorfes. Mal krähte ein Hahn, dann wieder vernahm sie das Bellen eines Hundes. Und in der Ferne waren die Motorengeräusche des alten Treckers zu hören, der täglich an ihrem Haus vorbei zum Holzmachen in den Wald knatterte.

An der Wand gegenüber stand der große Kleiderschrank aus massivem Fichtenholz. Er war mit den Jahren immer dunkler geworden, hatte aber nichts von seiner früheren Eleganz verloren. Und zwischen den beiden kleinen Fenstern an der Stirnseite stand die alte Kommode, über der ein großer Spiegel in einem wuchtigen alten Rahmen hing.

»So viele Jahre haben wir hier gemeinsam gelebt und uns geliebt, als würde es immer so weitergehen. Und das soll jetzt einfach alles vorbei sein? Das kann und will ich nicht glauben! Nie wieder sollen wir hier gemeinsam einschlafen und wieder erwachen? Nie wieder soll ich deine Haut an der meinen spüren, und dir nahe sein dürfen? Nie wieder: Gute Nacht, mein Liebes.« Andrea strich ihr wieder und wieder über das gealterte, jetzt aschgraue Gesicht. »So viele Jahre sind dahingegangen und mir sind die Veränderungen nie wirklich aufgefallen. Du hast noch recht kräftiges graues Haar. Früher war es mal dunkelbraun gewesen.« Monika trug es ebenso kurz wie sie, und kleinen Löckchen umrahmten das zierliche Gesicht, das sein wahres Alter nicht verriet. »Nur wenig Runzeln haben sich in deine Haut eingegraben, obwohl dein Leben nicht immer leicht war. Diese Jahre haben ihre Spuren hinterlassen. So viele Jahre wir beisammen waren, so wenig hast du dich in dieser Zeit verändert. Du bist immer die Gleiche geblieben, nur, dass du graue Haare und ein paar Falten bekommen hast.«

Sie hob die Bettdecke und legte sich zu ihr. Sie nahm Monika in die Arme und drückte sie ganz fest an sich. Dabei bemerkte sie, wie still ihre Liebe jetzt war. Kein Herzschlag, keine Bewegung und keine Erwiderung. Tränen befeuchteten das leblose Gesicht. Sie küsste es noch einmal, dann erhob sie sich schwerfällig und schaute bekümmert auf das Bett hinab. »Schlaf gut, mein Engel. Ich liebe dich, Moni.«

Auf ihren Krückstock gestützt verließ sie mit bleischweren Schritten das Zimmer, ohne sich noch einmal umzudrehen.

»Kann ich jetzt die Männer rufen?« Margot hatte die ganze Zeit vor der Tür gewartet.

»Ja, ja, natürlich.« Andrea ließ sich die Treppe wieder hinabführen und setzte sich im Wohnzimmer auf ihren Sessel.

Margot legte ihr eine Decke über die Beine und reichte ihr die Tasse. »Trinken Sie noch einen Tee. Er ist nicht zu heiß?«

Andrea nahm die Tasse mit zitternder Hand und trank einen Schluck. Sie hörte Margot draußen im Flur reden, verstand aber nicht, was sie sagte. Es interessierte sie auch nicht. Mit leerem Blick sah sie sich im Wohnzimmer um.

Monika und sie hatten beide eine Leidenschaft für antike Möbel. In all den Jahren hatten sich so manche Schätze angesammelt, die das Haus fast zu einem Museum machten. Da war der alte Schrank, den Monika in ihrer Jugend bei einem Antiquitätenhändler erstanden hatte. Er hatte zwei große Türen und zwei Schubladen. Sein Holz war mit den Jahren fast dunkelbraun geworden, aber er hatte immer noch Charme. All die Jahre hatten darin die Musikanlage und der Fernseher ihren Platz gehabt. Daneben stand die alte Kommode mit den drei großen Schubladen, in denen sie alles Mögliche aufbewahrten. Sie war fast so alt wie der Schrank und ebenso dunkel. Dann war da die urgemütliche Sofaecke, in der sie oft Arm in Arm

Musik gehört oder ferngesehen hatten. Sie hatten sie auf einem Trödelmarkt erstanden und erst später erfahren, dass sie fast genauso alt war wie das Haus, in dem sie lebten. Der Stoff war noch gut, nur ein wenig verblasst. An der Tür stand ein altes Klavier mit Messinglüstern und kunstvollen Intarsien über der Klaviatur. Und an den weiß getünchten Wänden hingen große schwere Bilderrahmen mit Ölgemälden alter Meister.

Die Stille im Haus erdrückte sie fast und in ihrem Kopf stand die Zeit still. Sie war unfähig, an irgendetwas zu denken. Sie meinte, Monikas Lachen, ihre Stimme und ihre Schritte im Flur zu hören. Doch sogleich sah sie die gefalteten Hände und erinnerte sich des besonderen Lächelns im Gesicht. Da hörte sie schwere Stiefel die Treppe herabkommen. Sie erhob sich mühsam und trat in den Flur hinaus.

Zwei Männer mit ernsten Gesichtern und schwarzen Krawatten trugen den einfachen Eichensarg hinunter.

»Einen Augenblick, bitte.« Andrea trat auf sie zu. »Ich möchte sie noch einmal sehen.«

»Ja, natürlich.« Die Männer stellten den Sarg in der Diele ab und öffneten den Deckel. Monika lag nur mit ihrem Nachthemd bekleidet darin.

»Bitte, sie soll etwas Anderes anziehen. So soll sie nicht gehen.«

»Das hat noch Zeit. Bringen Sie uns das Leichengewand später vorbei.«

Andrea sah hilfesuchend zu Margot. »Sie soll den weißen Anzug tragen; sie hätte es bestimmt auch so gewollt.«

»Sicher, Frau Weber. Ich werde ihn später herüberbringen«, meinte die Angesprochene mehr zu den Männern, die den Deckel wieder schlossen. Andrea ging ihnen nach und sah, wie sie den Sarg in den schwarzen Wagen packten und langsam davonfuhren. »Lebewohl, meine Kleine.«

Als der Wagen um die Ecke bog, begleitete Margot Andrea wieder ins Haus. »Der Pastor wird später noch einmal kommen, und auch Herr Gutmann vom Institut. Legen Sie sich etwas hin. Das ist alles viel zu anstrengend für Sie.«

Andrea ließ sich kraftlos ins Wohnzimmer führen und legte sich auf das Sofa. Sie war dankbar, dass Margot ihr die Decke über die Beine legte, denn sie fror trotz der warmen Sonnenstrahlen, die durch die Fenster hereinschauten.

»Sie sind so gut zu mir.«

»Das ist meine Aufgabe. Ich habe solche Tage schon oft erlebt, trotzdem fällt es auch mir nicht leicht. Ich weiß, wie Sie sich fühlen.«

»Es ist schön, dass Sie bei mir sind. Ich kann das alles noch gar nicht fassen. Ich mag so nicht mehr weiterleben«, flüsterte sie.

»Das dürfen Sie nicht sagen. Das ist nicht recht«, meinte die Schwester und blickte betrübt auf die alte Frau hinab. Irgendwie tat sie ihr leid, obwohl sie nie richtigen Kontakt zu den beiden Frauen gehabt hatte. Sie hatte sie zwar ab und zu im Dorf beim Einkauf gesehen, aber nie ein Wort mit ihnen gewechselt. Sie hatte wie die anderen ihre Vorbehalte gehabt und sich lieber nicht so nah eingelassen. Dass sie jetzt in diesem Haus war, berührte sie umso tiefer. Mit jeder Stunde entspannte sie sich jedoch, so dass sich allmählich das befremdliche Gefühl verlor, mit dem sie vor Stunden erstmals einen Fuß über diese Schwelle getan hatte.

»Aber, was soll ich hier noch; ich kann das nicht!« Andrea schrie es fast hinaus. »Am liebsten wäre mir, Er würde mich auch holen. Dann wären wir wieder zusammen.«

»Alles zu seiner Zeit. Jetzt erst einmal müssen Sie Kraft sammeln, Frau Weber«, erwiderte Margot. In diesem Moment klingelte es an der Tür.

»Das wird sicher Herr Gutmann sein.« Sie ging hinaus und kam Augenblicke später mit einem Mann wieder.

»Frau Weber, mein herzlichstes Beileid.« Herr Gutmann reichte ihr die Hand und in seinen Augen erkannte sie ehrliches Mitgefühl. Er wirkte so gar nicht wie ein Bestatter. Er war zwar dezent gekleidet, mit Anzug und schwarzer Krawatte, doch sein jungenhaftes Gesicht und sein lockeres Auftreten straften seine Bestimmung Lügen. Er war vielleicht Anfang dreißig und hatte eine angenehme dunkle Stimme. »Ich werde jetzt leider mit Ihnen über manches reden müssen. Aber ich werde Sie nicht lange damit behelligen. Sie brauchen mir nur diese Vollmacht unterschreiben, dann erledigen wir alles andere für Sie.« Er legte einen Zettel auf den Tisch und reichte ihr einen Stift, und sie unterschrieb, ohne genauer zu lesen, was dort stand. »Sie soll ein schönes Begräbnis haben. Das hat sie verdient.« Andrea setzte sich auf.

»Ja, natürlich, Frau Weber. Die Beerdigung findet am Dienstag statt. Wir haben das schon geregelt. So haben Sie noch genug Zeit, alles Nötige zu veranlassen. Die Firma Gutmann lässt Sie nicht allein.« Er sah sie aufmunternd an.

»Ja, ja.« Alle Zeit reichte nicht, ihr das Ganze verständlich zu machen.

»Morgen schon wird die Anzeige in der Zeitung erscheinen.« Herr Gutmann hatte offensichtlich schon mehr getan. »Hier haben sie einen Abdruck.« »Das ist aber eine schöne Anzeige. Sie hätte ihr bestimmt gefallen«, meinte Andrea und für einen kurzen Moment wich die Trauer aus ihren Augen. »Der Spruch passt zu ihr: Niemals geht man so ganz.«

»Ich habe mir erlaubt, Ihnen ein paar Benachrichtigungen drucken zu lassen. Sie werden sicher noch heute Abend gebracht.« Er sah sie fragend an. »Ich hoffe, es ist Ihnen recht. Normalerweise warten wir, bis wir darauf angesprochen werden. Aber es ist sicher besser, wenn wir Ihnen ein wenig zur Hand gehen.«

»Ja, ja.« Andrea war alles recht. Davon würde Monika auch nicht mehr lebendig. »Aber wem soll ich denn eine Anzeige schicken? Es gibt doch niemanden mehr. Einzig eine Schwester lebt vielleicht noch. Aber wir hatten all die Jahre keinen Kontakt. Was das wohl alles kostet?«, seufzte sie.

»Darüber können wir später reden, das ist jetzt nicht so wichtig.« Herr Gutmann hatte ein Gespür dafür, wie er mit Andrea reden müsste.

»Sie soll ein schönes Begräbnis haben«, meinte sie mit fester Stimme. Irgendwie vertraute sie ihm; er wirkte trotz seiner Jugend seriös und bedächtig.

»Sie werden zufrieden sein, das verspreche ich Ihnen, Frau Weber.« Er packte seine Papiere wieder in seine schwarze Aktentasche neben ihm auf dem Boden und sah zur Gemeindeschwester. »Sie sind Zeuge.«

»Ja, das geht in Ordnung«, meinte diese. »Sie haben bisher immer gut gearbeitet. Danke, dass Sie vorbeigekommen sind.«

»Der Anzug!« Andrea blickte Margot flehend an.

»Er ist sicher oben im Schrank, oder?«

»Ja, ja. Er hängt links in der Schutzhülle.« Andrea ließ sich wieder aufs Kissen fallen. Irgendwie wäre es ihr unmöglich gewesen, den Anzug selbst herunter zu holen. Sie war unendlich dankbar, jetzt nicht allein zu sein.

»Natürlich. Ich hole ihn herunter, dann können Sie ihn gleich mitnehmen, Herr Gutmann.«

»Ja, gewiss.« Er erhob sich. »Soweit ist ja alles geklärt. Wenn doch noch etwas sein sollte, rufen sie mich an.« Margot nickte nur und ging nach oben.

Andrea sah ihr nach und wieder rollten die Tränen. »Es ist nicht leicht.«

»Das ist richtig, Frau Weber.« Herr Gutmann reichte ihr die Hand. »Machen Sie sich keine Sorgen. Es wird alles gut.«

»Hier ist der Anzug, Herr Gutmann.«

»Ich will sie darin noch sehen, bevor ...« Andrea versagte die Stimme.

»Ja, natürlich. Montag.« Herr Gutmann nickte. »Bis dahin ist alles fertig. Wenn Sie noch Wünsche oder Fragen haben, rufen Sie mich ruhig an.«

Er legte seine Visitenkarte auf den Tisch. »Auf Wiedersehen, Frau Weber.« Er nickte noch einmal zur Schwester. Dann war er auch schon fort.

Andrea schloss erschöpft die Augen. Margot sah besorgt auf die alte Dame, nahm die leere Teekanne und verließ das Wohnzimmer. Während Andrea auf dem Sofa schlief, ging Frau Krause in die

Küche. Neben einer Essecke stand darin eine alte Anrichte mit Glasfenstern, Schubläden und drei Türen, ein Spülstein, ein alter Kühlschrank, der Herd und eine Kommode für allerhand Kram.

Monika und Andrea hatten die Möbel mit viel Liebe ausgesucht. Für die Lebensmittel reichte die kleine Speisekammer, die an die Küche grenzte.

Obwohl sie sich in diesem Haus nicht auskannte, fand sich Margot leicht zurecht. So oft hatte sie schon in anderen Küchen gestanden und für Hinterbliebene gesorgt.

Während sie ein paar Brote und eine heiße Brühe herrichtete, dachte sie über die beiden Alten nach, die hier viele Jahre zusammengelebt hatten, ohne dass irgendwer wirklich wusste, wer sie waren.

»Zwei Frauen, die sich auch nach außen als Paar darstellen, sind nicht jedermanns Sache. Mir ist es gleichgültig, aber es hat auch andere Stimmen gegeben. Zumindest in der ersten Zeit. Später verstummte das Gerede. Und nun? Wird überhaupt jemand zur Kenntnis nehmen, dass Monika Weber gestorben ist? Bisher hat sich zumindest niemand blicken lassen. Ich denke, dass Frau Weber es verdient hätte, in diesen Stunden nicht alleingelassen zu werden.«

Sie ging wieder in die Stube zurück, wo Andrea auf dem Sofa schlief. Sie legte die Hand auf ihre Schulter.

»Frau Weber, Sie müssen etwas essen.«

Andrea öffnete die Augen. »Ich habe gar keinen Hunger.«

»Keine Widerrede«, entgegnete Margot freundlich aber bestimmt. »Ein bisschen müssen Sie zu sich nehmen.« Sie reichte ihr die Tasse mit Brühe und unter ihren wachsamen Augen aß Andrea auch ein Brot. »Gleich kommt der Pastor, und dann ist es für heute geschafft.«

»Wie soll es bloß weitergehen?« Andrea ließ sich wieder aufs Kissen sinken und schloss die Augen. Sie erwartete keine Antwort.

Margot räumte das Geschirr weg und Augenblicke später hörte Andrea sie in der Küche hantieren.

Das ist fast so wie sonst, dachte sie, nur, dass es nicht Moni ist. Sie zog die Decke bis ans Kinn. Die Aufregung dieses Tages ließ sie frieren, obwohl es in der Stube recht warm war. Sie fühlte sich wie betäubt und nur wenig drang zu ihr.

Monikas Tod hatte sie völlig unvorbereitet getroffen. Ja, wenn sie ernstlich krank gewesen wäre, dann hätte sie mehr Zeit gehabt, sich mit dem Gedanken ans Sterben zu befassen. Aber solange sie zusammen waren, hatten sie nie darüber nachgedacht, was einmal sein wird. Andrea war immer davon ausgegangen, dass sie die Erste sein würde. Das war sicher ein wenig egoistisch gedacht, aber schließlich war sie ein paar Jahre älter. Mein Liebes, dachte sie, was soll nun werden? Was hättest du jetzt getan? In diesem Moment fiel ihr ein, dass es ja ihre Pflicht war, Monikas Schwester zu informieren. Was sie wohl davon halten wird, nach all den Jahrzehnten? Sonst brauchte sie keinen anzurufen; sie hatten sich in den letzten Jahren zurückgezogen und zu kaum jemanden mehr Kontakt gehabt. Sie würde sich vielleicht morgen damit befassen, wenn sie erst einmal selbst damit ein wenig vertrauter war.

Plötzlich wurde sie von der Türschelle aufgeschreckt. Sie hörte Margot herbeieilen, und da trat auch schon der Pastor in ihrer Begleitung ins Zimmer. »Der Herr segne Sie, Frau Weber. Mein herzliches Beileid.«

»Dass Sie sich die Mühe machen, zu mir zu kommen! Danke, Herr Pastor. Wo wir doch nie fleißige Kirchgänger waren.« Andrea setzte sich auf und nahm die angebotene Hand. »Es ist so schwer, an die Gerechtigkeit des Herrn zu glauben, wenn man das Liebste verliert.«

»Der Herr versteht Ihren Zorn und auch Ihre Trauer. Aber Seine Wege sind unergründlich.« Er setzte sich zu ihr auf das Sofa. »Er allein weiß, was er tut. Der Mensch hat da wenig Einfluss.«

»Nur lässt er mich allein und hilft mir jetzt nicht.« Andrea hatte dies zorniger gesagt, als sie eigentlich beabsichtigt hatte, deshalb fügte sie milder hinzu: »Wie soll der Mensch da noch an Ihn glauben?«

»Das ist schwer, aber vielleicht hilft Ihnen die Gewissheit, dass Ihre Lebensgefährtin nicht hat leiden müssen.« Der Pastor hatte eine warme, tiefe Stimme; sie konnte einem wohl alles glauben machen. Sein würdevolles Auftreten in der schwarzen Soutane tat sein Übriges. Er war noch recht jung, sein kurz geschnittenes, lockiges Haar stand wirr um ein Gesicht mit feinen Zügen.

So selten sie in die kleine Dorfkirche gegangen waren, so wenig hatte sie bisher der Pastor der Gemeinde interessiert. Andrea war zwar christlich erzogen, aber sie gehörte nicht zu den regelmäßigen Kirchgängern und war nur selten mit Monika in die kleine Dorfkirche gegangen. Wenn sie einmal hineingegangen waren, dann um eine Kerze für ihren Vater und Monikas Mutter anzuzünden. Einen Gottesdienst hatten sie nur selten besucht. Andrea glaubte zwar an eine höhere Macht, die dem Menschen den Weg wies, aber an die Institution Kirche mochte sie bei all den Skandalen, die sie auch hervorbrachte, nicht so recht glauben. Dennoch war es für sie eine Wohltat, dass er sich überhaupt mit ihr befasste. »Herr Pastor, ich gehöre sicher nicht zu Ihren treuesten Schäfchen, aber es ist schön, dass Sie gekommen sind.«

Andrea lehnte sich im Kissen zurück. »Glauben Sie an den Himmel?«

»Sicher, sonst wäre ich nicht Priester geworden.« Der Pastor sah sie freundlich an. »Und ihre Lebensgefährtin ist jetzt sicher bei Ihm.«

»Sie war ein guter Mensch.« Ihr liefen wieder die Tränen herunter, aber sie schämte sich ihrer nicht. »Ich kann es immer noch nicht fassen.«

»Weinen Sie ruhig, Frau Weber. Das hilft über die erste Zeit hinweg.« Er nahm wie selbstverständlich ihre Hand und streichelte sie. »Wie lange waren Sie eigentlich zusammen, Frau Weber?«

»Dieses Jahr sind es dreißig Jahre geworden. Nächstes Jahr hätten wir sogar silberne Hochzeit gefeiert.« Ihre Augen bekamen bei dem Gedanken einen fast fröhlichen Ausdruck. »Wir waren bei den Ersten gewesen, die heirateten. Damals waren alle Freunde dabei, doch mit den Jahren sind viele gestorben, so dass heute wohl nur noch eine Handvoll lebt. Wir haben immer gesagt: Und im Himmel geht es weiter.«

»Das ist etwas ganz Außergewöhnliches. Sie haben sich sehr gern gehabt, nicht wahr?«

»Sie war meine große Liebe, wenn Sie das meinen. Keinen Menschen habe ich so geliebt wie sie.« Andrea richtete sich auf. Sie hatten nie ein Wort mit dem Pastor gesprochen, und auch jetzt konnte sie nicht ergründen, wie er überhaupt zu ihrer Beziehung stand. »Wissen Sie, ich glaube, der Herrgott hat nichts gegen unsere Liebe gehabt, sonst hätte er uns nicht so lange beieinander sein lassen.«

»Der Herr mag jede Liebe, solange sie echt ist. Es ist nur eine Art, Mensch zu sein.«

»Da sagen Sie etwas Wahres.« Andreas Stimme wurde ernst. »Niemand fragt danach, warum eine Frau sich gerade jenen Mann ausgesucht hat, aber sie schauen pikiert auf zwei Frauen oder Männer, die ein Paar sind. Erst in den letzten Jahren ist es ruhiger geworden.« Andrea war jetzt ganz klar. Es imponierte ihr, dass er diesem Thema nicht auswich.

»Die Menschen meinen es ja nicht böse. Sie brauchen nur manchmal mehr Zeit«, erwiderte der Pastor.

»Das mag sein, aber seit Jahrtausenden lässt sich der Mensch damit Zeit, den anderen nach seiner Façon glücklich werden zu lassen. Es tut gut mit Ihnen zu reden.«

»Das ist doch das Wenige, das ich für Sie tun kann. Doch jetzt werde ich Sie wieder verlassen müssen. Ich komme morgen noch mal vorbei, wenn Sie möchten, dann können wir das Gespräch gern fortsetzen, Frau Weber.«

»Das wäre sehr schön.« Sie lächelte ein wenig. »Moni hätte es sicher Spaß gemacht, sie diskutierte gern und ließ kaum ein Thema aus.«

»Auch mir hat es Freude gemacht.« Er drückte noch einmal ihre Hand und erhob sich. »Frau Krause bleibt bei Ihnen, solange Sie es möchten. Der Herr segne Sie.«

»Danke, Herr Pastor.« Sie schloss müde die Augen; das Gespräch hatte sie erschöpft.

»Frau Krause«, rief der Pastor in Richtung Küche, aus der immer noch irgendwelche Geräusche drangen. »Ich bitte Sie, noch eine Weile hierzubleiben.«

»Ja, Herr Pastor. Natürlich bleibe ich, solange mich Frau Weber braucht.« Sie erschien im Türrahmen. »Sagen Sie nur bitte bei mir zuhause Bescheid, dass es später wird.«

»Das mache ich gerne.«

Margot blickte auf die dahindämmernde Andrea und schüttelte traurig den Kopf. Sie konnte nachfühlen, wie verlassen sie sich fühlen müsste. Nicht nur, dass sie ihre Lebensgefährtin so plötzlich verloren hatte, auch hatte sich bisher niemand aus dem Dorf erkundigt, was hier los war, obwohl sicher jemand den Leichenwagen vor der Tür hatte stehen sehen. Sie ärgerte sie sich über so viel Gleichgültigkeit. »Das habe ich eigentlich nicht erwartet«, sagte sie halblaut zu ihrem Spiegelbild im Garderobenspiegel, ging wieder in die Küche.

Dabei kam sie auch in Monikas Arbeitszimmer, das direkt neben dem Schlafzimmer lag. Der riesige altenglische Schreibtisch füllte fast den ganzen Raum aus, und an den Wänden befanden sich neben Regalen, in denen es von Büchern nur so wimmelte, auch ein paar Aquarelle in modernen Glasrahmen. Sie waren samt und sonders mit A. Weber unterzeichnet. Da fiel ihr Blick auf ein Büchergestell hinter der Tür. Die Bücher dort trugen alle den Namen der Verstorbenen.

»Niemand hat gewusst, dass hier zwei Künstlerinnen lebten. Das muss ich den anderen erzählen!«, meinte sie halblaut zu sich. »Da lebt sie seit mehr als zwanzig Jahren in unserem Dorf, und niemand weiß es. Dabei sind die Aquarelle sehr schön.«

Sie griff sich ein Buch heraus. Die Kunst zu lieben, stand darauf. Nach wenigen Seiten erkannte sie, dass es sich wohl um lesbisch-erotische Geschichten handelte. Sie legte es beschämt zurück und griff sich ein weiteres Buch. Darin befanden sich Gedichte und kurze philosophische Geschichten, so entnahm sie es dem Titel. Und dann fand sie ein paar weitere Taschenbücher, offensichtlich Romane. Daneben fand sie Stapel lose gebundener Manuskripte. Allesamt trugen sie die Handschrift der Verstorbenen.

Margot war erstaunt. So viel hatte diese Dame geschrieben, und doch hatte sie nie von ihr gehört, geschweige etwas gelesen.

In diesem Moment wurde sie jäh in ihrer Betrachtung gestört. Andrea stand im Türrahmen: »Ja, Monika war eine außergewöhnliche Dichterin, doch nur wenige wussten um die Qualität ihrer Worte. Deshalb bekam sie auch nie die Anerkennung, die sie eigentlich verdiente.«

»Ich habe nicht einmal gewusst, dass sie überhaupt geschrieben hat. Ihre Aquarelle gefallen mir auch sehr.«

»Ja, ich male zu meinem Zeitvertreib.«

»Schade, damit hätten sie wirklich etwas werden können.« Margot legte das Buch beiseite. »Und die wenigen Zeilen, die ich gerade gelesen habe, sind mir sehr nahegegangen, auch wenn ich damit nicht viel anfangen kann.«

Andrea suchte im Regal nach einem bestimmten Buch. Sie fand es und reichte es Margot. »Ich glaube, das wird Ihnen bestimmt gefallen.«

»Das kann ich nicht annehmen, Frau Weber.«

»Es wäre mir eine Freude, Margot.«

»Danke, Frau Weber.« Frau Krause folgte ihr aus dem Zimmer hinunter ins Wohnzimmer. »Ich habe die Blumen gegossen und auch sonst nach dem Rechten gesehen. Ich würde dann jetzt gehen, wenn Sie mich nicht mehr brauchen.«

»Ist schon gut. Sie sind mir eine große Hilfe. Danke, Margot.«

»Morgen früh komme ich wieder.«

»Das ist sehr lieb von Ihnen. Ich kann jede Hilfe brauchen.«

»Es wird alles gut, Frau Weber.«

Andrea sah ihr durch das Wohnzimmerfenster nach, wie sie die Straße entlang in der Dunkelheit entschwand.

Eine nette Frau, dachte sie.

Nur wenig später lag Andrea im Wohnzimmer auf der Couch. Sie war nicht in der Lage, im Bett zu schlafen. Da erinnerte alles zu sehr an Monika. Doch auch hier unten fanden ihre Gedanken keine Ruhe. Der Tag war schier endlos gewesen! Sie war zugleich unendlich müde und aufgeregt. Immer und immer wieder brachten sich die Erlebnisse dieses Tages in Erinnerung. Sie sah Monika auf dem Bett liegen, sie sah Frau Krause, die sie so liebevoll umsorgt hatte. Sie sah den Pastor in seiner Soutane an Monis Bett stehen und beten. Sie sah sich selbst am Bett sitzen und immer wieder dieselben Worte flüstern: Moni, warum bist du einfach gegangen? Ich vermisse dich so sehr!

•

Erst nach langen Stunden, die sie in der Dunkelheit wach gelegen hatte, fiel sie in einen unruhigen Schlaf, aus dem sie vor dem Morgengrauen wieder erwachte. Und sogleich waren die Bilder und Erlebnisse des Vortages wieder da. Sie erhob sich und machte das kleine Licht auf der Kommode an. Dann ging sie zuerst ins Bad und betrachtete ihr Spiegelbild im Schränkchen über dem Waschbecken. Ihr blickte ein altes graues Gesicht entgegen, die Augen waren verquollen und gerötet und auf den Wangen ausgetrocknete Tränenspuren.

»Du siehst grauenhaft aus«, sprach sie zu sich. »So kannst du nicht herumlaufen. Das hätte Moni auch nicht gewollt.«

Bei diesem Gedanken kamen ihr wieder die Tränen. »Reiß dich zusammen, davon wird sie auch nicht wieder lebendig.« Sie öffnete den Wasserhahn und ließ das kalte Wasser auf ihre Handgelenke fließen. Das tat gut, es erfrischte sie ein wenig.

»Vielleicht sollte ich ein Bad nehmen.« Mit diesen Worten ließ sie Wasser in die Wanne und tat ein wenig von dem Ölbad hinein, in dem sie beide oft zusammen gebadet hatten. Sie stieg in das warme Wasser und streckte sich aus …

»Moni, viel lieber wäre mir jetzt ein gemeinsames Bad mit dir«, meinte sie in Richtung Zimmerdecke. »Allein macht es mir keine Freude.«

Ihr müder erschöpfter Körper aber nahm das Bad dankbar an. Nachdem sie sich noch die Haare gewaschen hatte, stieg sie wieder aus der Wanne.

»So, das wäre geschafft.«

Sie fühlte sich viel besser. Nur wenige Minuten später drang aus der Küche frischer Kaffeeduft und Andrea saß mit ihrem Becher an der Essecke.

»Es ist fast so wie immer. Ich sitze hier und trinke meinen Kaffee, als ob Moni noch oben schliefe. Doch das Bett ist leer.« Wieder kamen ihr die Tränen. Sie suchte ein Taschentuch und schnäuzte sich kräftig. »Wenn ich doch wüsste, was ich jetzt tun soll? Ich werde nach oben gehen müssen«, meinte sie zu sich. »So kann ich nicht herumlaufen. Das hätte Moni sicher auch nicht gern.«

Sie trat in den Flur hinaus und sah beklommen die Treppe hinauf. Dann nahm sie allen Mut zusammen und stieg die Treppe hinauf.

Es fiel ihr schwer, zu wissen, dass dort nichts mehr so war wie noch vor vierundzwanzig Stunden. Aber ich muss da durch, mahnte sie sich selbst.

Die Schlafzimmertür war nur angelehnt.

Nun würde das Bett leer sein. Sie hatte einen Kloß im Hals. »Du kannst es nicht ändern«, sagte sie sich, auch um sich Mut zu machen. »Es ist geschehen.«

Dann trat sie ins Schlafzimmer und sogleich traten ihr wieder die Tränen in die Augen. Frau Krause hatte das Schlafzimmer hergerichtet, nachdem Monika von den Bestattungshelfern abgeholt worden war. Der süßliche Geruch des Todes war über Nacht fast ganz durch das halbgeöffnete Fenster entschlüpft. »Deine Seele ist fort«, meinte Andrea und öffnete das Fenster ganz. Im Morgendunst sah das Dorf aus wie immer. Gegenüber in der Scheune brannte Licht und in den meisten anderen Fenstern brannte ebenfalls schon Licht.

»Meine geliebte Moni, ich hoffe, es ist schön im Himmel«, flüsterte sie unglücklich. Sie atmete tief die frische Morgenluft ein. »Ich vermisse dich so sehr.«

Dann schloss sie das Fenster und blickte auf das Bett. »Wie lang haben wir hier gemeinsam geschlafen? Eine kleine Ewigkeit lang. Aus und vorbei.« Sie nahm ihre Sachen von ihrem Stuhl, zog sich an und verließ das Schlafzimmer. Ob sie es jemals wieder nutzen konnte? Vielleicht sollte sie es nicht mehr tun, bestimmt fand sich eine andere Lösung. Irgendwie war es ihr unheimlich, in einem Bett zu schlafen, das zuletzt Liegestatt für eine Tote gewesen war.

Sie setzte sich wieder unten in die Küche. Da sank sie in sich zusammen und die Tränen flossen ohne Unterlass. Die Bilder des vergangenen Tages kehrten zurück. Sie weinte und schluchzte leise in sich hinein, bis sie fast keine Luft mehr bekam.

Plötzlich wurde sie von der Türschelle aufgeschreckt. Sie wischte sich die Tränen aus den Augen, putzte sich die Nase und ging mit schweren Schritten zur Tür.

»Guten Morgen, Frau Weber. Ich bin froh, Sie wohlauf zu finden.« Man sah es Margot Krause an, sie lächelte sogar ein wenig.

»Guten Morgen, Margot.« Andrea öffnete die Tür ganz. »Kommen Sie herein.«

Frau Krause hängte ihren Mantel an die Garderobe und folgte Andrea in die Küche.

»Wie geht es Ihnen, Frau Weber?«

»Immer wieder denke ich, es sei gar nicht passiert. Und dann ich sehe sie vor meinem geistigen Auge wieder im Bett liegen.«

Andrea zündete sich eine Zigarette an. In all den Jahren hatte sie es nicht geschafft, die Raucherei zu lassen. Obwohl auch ihr Arzt immer wieder zum Aufhören gedrängt hat. Was soll es? Ein Laster muss der Mensch haben, auch wenn es ihn umbringt, hatten sie beide immer gesagt. Und dabei gehofft, dass das nie eintreten wird. »Ich kann es irgendwie immer noch nicht recht fassen.«

»Frau Weber, ich helfe Ihnen, wo ich kann.« Margot legte eine Hand auf Andreas Arm. »Ich lasse Sie nicht allein.«

»Sie sind so lieb. Wie kann ich Ihnen das vergelten?« Andrea sah Margot mit feuchten Augen an.

»Indem Sie tapfer sind.« Margot Krause lächelte dabei sogar. Ihre Arbeit wurde über die Kirche abgerechnet.

»Was soll nur jetzt werden?« Andrea liefen wieder Tränen aus den Augen. »Ob sie es wirklich gut hat, im Himmel?«

»Daran müssen Sie einfach glauben.« Margot reichte ihr noch ein Taschentuch. »Sie wird es bestimmt gut haben.«

Andrea merkte nicht mehr, dass Margot Krause ihren Arm um ihre Schulter legte. Sie erzitterte immer wieder und die Tränen rollten einfach so aus den Augen. Sie fühlte sich zu schwach, um auch nur den Kopf anzuheben. Und plötzlich krochen sie hoch, diese sehnsüchtigen Todesgedanken.

»Wie gern wäre ich jetzt bei dir!«

•

Magot zog den Schlüssel aus der Tasche und öffnete langsam die Tür.

»Frau Weber«, rief sie den Flur entlang.

Doch nichts rührte sich. Besorgt und unruhig stellte sie ihre Tasche an der Garderobe ab. »Frau Weber, sind Sie schon auf?«

Die Frage verhallte, es kam keine Antwort. Auch aus dem Bad drang kein Laut. Da stimmt doch was nicht! Margot stürmte die Treppe zum Schlafzimmer hinauf, klopfte an die Tür. Nichts! Sie öffnete sie, das Bett war unberührt. Die Tür zum Arbeitszimmer war nur angelehnt. Doch auch dort war niemand. Ihr war gar nicht wohl in ihrer Haut.

Sie ging die Treppe wieder hinunter. »Frau Weber. Wo sind Sie?« Sie entschloss sich, in die Küche zu gehen. Vielleicht hört sie nur nicht. Doch auch dort war niemand. Andrea war offensichtlich nicht zuhause. Auch keine Nachricht lag auf dem Tisch.

»Das ist sehr komisch«, Margot ging wieder in den Flur zurück. »Was soll ich hier?«

Plötzlich klingelte es an der Haustür. Margot schrak zusammen. »Wer soll das sein?«

Sie öffnete die Haustür und da stand Willi, der alte Friedhofsgärtner. Er sagte nur: »Ich weiß, wo sie ist.«

»Wer? Ach, ja«, Margot wurde blass. »Wo?«

»Auf dem Friedhof. Komm mit«, Willi wies zum Friedhof.

»Was macht sie da. Um diese Zeit«, Margot zog die Tür zu.

»Sie ist bei ihr.« Willi hatte einen ganz eigenen Gesichtsgesichtsausdruck. Margot kroch ein komisches Gefühl den Rücken hoch.

»Sie ist doch nicht ...?«

»Doch«, sagte Willi, während sie über die Straße auf den Friedhof zugingen. »Ich habe sie gefunden. Heute Morgen. Sie ist wohl einfach eingeschlafen.« Langsam dämmerte es Margot. »Du willst doch nicht sagen, sie ist tot? Das kann doch nicht wahr sein!«

»Doch, Margot.« Willi hielt ihr das Tor auf.

»Ich habe schon den Gutmann verständigt. Er wird bald hier sein.« Der alte Mann schüttelte den Kopf. »Ich kann und will es irgendwie nicht glauben. Aber es ist wahr.«

»Sie hat sicher hier gesessen, und ist dann einfach zur Seite gekippt. Lieber Gott, was machst du nur?«

»Na ja, er hat auch sie heimgehen lassen.« Willi streckte Andrea auf der Bank aus. »Sie wollte sicher nicht allein hierbleiben.«

»Das glaubt mir keiner!« Margot hob die Hände zum Himmel. »Gott, was soll das?«

»Das wird er dir bestimmt nicht sagen.« Willi war bekannt für seinen trockenen Humor. »Er hat seine Gründe.«

»Und was jetzt?« Magot ließ sich auf der Bank daneben nieder.

»Na ja«, Willi blinzelte in die Sonne. »Ich mache das Grab halt wieder auf. Dann sind sie wieder zusammen. Du hast sicher genug zu tun, oder?«

Margot erhob sich müde.

Was wohl aus dem Haus und all den Sachen wird, dachte sie noch, während sie dem Bestatter entgegenging, der gerade über den Kiesweg kam.

Die Erde steht still

»Das haben die sich doch nur ausgedacht!«, rief Bandar aufgeregt.

»Wie du meinst«, antwortete Ali und legte seine Hand beschwichtigend auf Bandars Schulter. Er blickte ihm tief in die Augen. »Dann musst du es aber beweisen. Sonst glaubt dir niemand.«

»Das werde ich! Du wirst schon sehen!« Bandar streifte unwillig Alis Hand ab und trat auf den Balkon hinaus. Seine Galabija wehte im Abendwind. »Die Zeilen in den Schriften sind eindeutig. Die Erde steht still. Sie dreht sich nicht!«

Ali trat ebenfalls auf den Balkon hinaus. Ihm war es mehr als unangenehm, dass Bandar solche Reden führte. Schließlich war das eine gewagte These, für die ein Beweis unmöglich war!

Er vertraute seinem Freund und Imam, wenn es um religiöse Interpretationen der Schrift ging, aber so eine Behauptung war recht kühn. Ein Angriff auf die »Ungläubigen«, wie Bandar alle Nicht-Muslime nannte, war es allemal, wenn er sich nicht davon abbringen ließ, es in der Moschee beim Freitagsgebet zu verkünden. »Das kann nicht ohne Folgen bleiben, Bandar!«

»Ich bin der Schrift verpflichtet, Ali! Wenn sich neue Erkenntnisse ergeben, die queren Einfälle der Ungläubigen zu zerlegen, muss ich es öffentlich machen.« Der Imam stützte sich auf die Balustrade und blickte in die beginnende Nacht. »Warum sollten die alten Gelehrten irren?«

»Eben genau deswegen, Bandar. Es sind Jahrhunderte alte Geschichten, die von niemandem heute noch verbreitet werden.« Ali bemühte sich, sachlich zu bleiben. Eigentlich hätte er seinen Freund gerne geschüttelt und ihm gesagt, wie abwegig er diese Reden fand.

»Nur weil irgendein Typ – wie hieß er noch? Galileo, oder so – behauptet, die Erde drehe sich um die Sonne, muss sie sich ja nicht auch noch um sich selbst drehen. Der Koran hat immer recht.«

»Du begibst dich auf gefährlichen Boden, Bandar. Wenn du solche Ansichten nicht beweisen kannst, machst du dich zum Gespött der Muslime. Nein, die ganze Welt hält dich dann für töricht!«

»Dass du mir nicht glauben willst, Ali! Du bist doch mein Freund!« Bandar trat vom Balkon zurück in sein Arbeitszimmer. »Und bislang bist du mir überall hin gefolgt. Du enttäuschst mich.«

»Ich will dich nur vor dem Spott schützen, Bruder.« Ali lehnte sich an die Tür und sah stirnrunzelnd zu seinem Freund, der sich auf dem Diwan ausgestreckt hatte und genüsslich Feigen aß. »Du bist nicht besser als all die anderen ungläubigen Idioten da draußen«, rief der verächtlich, »und ebenso der westlichen Ideologie erlegen. Du trägst sogar ihre Hosen.«

»Was hat meine Kleidung mit meinem Verstand zu tun? Nur weil du dich in eine Galabija kleidest, bist du nicht klüger.« Ali wurde langsam wütend auf seinen Freund. »Ich warne dich, Bandar, treib es nicht zu weit. Es reicht, dass alle Welt sich auf uns stürzt, weil wir den Koran so auslegen, wie wir es tun. Eine solche unhaltbare Behauptung wäre ein gefundenes Fressen für die Meute. Und ob du bei den gläubigen Gelehrten oder dem einfachen Moslem damit Freunde findest, bezweifle ich.«

»Du wirst es erleben, Ali. Am Freitag. Ich habe viele hochrangige Imame hinter mir.« Bandars Miene entspannte sich und er wies auf den Platz neben sich. »Komm, lass uns was essen und trinken. Erzähle mir lieber von Aishe. Ist sie wirklich so hübsch, wie alle sagen?«

»Nun, sie ist zwar fast noch ein Kind, aber bald schon werde ich sie zu mir nehmen. Und dann …«

»Erspar mir die Details, Ali«, Bandar winkte ab.

»Langweilig wird es mir mit ihr bestimmt nicht«, stellte Ali fest. »Hat schon ein Gutes, dass Mohammed uns das zubilligt.«

»Ja, mein Freund. Daran ist kein Zweifel, es steht im Koran. Und genau deshalb stimmt auch der Passus, der besagt, dass die Erde sich nicht dreht.« Bandar nahm sich noch eine Feige, betrachtete sie eingehend, ehe er sich in den Mund steckte, und meinte mit einem Augenzwinkern: »Und dann gehört die Welt dem Islam.«

»Wann?« Ali stellte sein Teeglas ab und sah misstrauisch zu Bandar.

»Wenn ich den Beweis erbracht habe, dass die Erde sich nicht dreht.«

»Wagdi wird nicht erbaut sein«, versuchte Ali einzuwenden, doch er spürte, dass Bandar sich auch nicht von einem ganzen Heer Wissenschaftler von seiner Meinung abbringen würde lassen.

»Ach, Wagdi! Der hat diesen Quatsch in Berlin gelernt. Die lehren nur, was ihnen grade zu pass kommt!« Bandars Miene verdunkelte sich.

»Sie haben Beweise.« Ali erhob sich müde. »Ich geh jetzt, es ist schon spät. Und du, Bandar, überlege dir gut, ob du das wirklich machen. Damit stellst du die Wissenschaft auf den Kopf und verunsicherst die Gläubigen. Als erste die einfachen Leute.«

»Ich weiß, was ich tue«, sagte Bandar und schenkte sich noch einen Tee ein. »Sie werden mich noch ernst nehmen müssen!«

»Wir reden morgen, für heute ist es genug.«

Ali schüttelte den Kopf. So hatte er den Imam noch nie erlebt. Bislang hatte er viel von ihm gehalten. Doch mit dem Gerede von heute konnte und wollte er sich nicht abfinden. »Ich muss verhindern, dass er das breit tritt. Aber ohne Wagdi komme ich da nicht weiter.«

In dieser Nacht schlief er schlecht. Immer wieder wälzte er sich herum, und schreckte sogar ein paar Mal aus dem Schlaf. Dann sah er die silberne Scheibe an, die am dunklen Himmel ihrer stummen Bahn folgte. »Vielleicht hat er ja recht, und die Amis waren gar nicht auf dem Mond.«

Ali erinnerte sich an seine frühe Kindheit. Sein Großvater hatte alle seine Fragen oft geduldig beantwortet, und es schien, als gäbe es keine abwegige oder eine, die umsonst gestellt wäre. Er sah sich mit ihm auf einer Düne stehen und in den Nachthimmel blicken. »Du, Großvater, was ist das Weltall? Wie groß ist es?«

»Das, mein Kind, ist nicht so leicht zu sagen. Das Weltall ist alles und nichts. Es ist unendlich groß. Man kann nur glauben, aber nicht wissen. Das ist wie mit Allah.«

»Den gibt es doch«, hatte Ali bemerkt, »In der Schule sagen sie es!«

»Ja, natürlich. Allah war immer da und er wacht immer über uns. Doch man kann nur glauben.«

»Wie groß ist Allah?«

»Unendlich.« Sein Großvater sah ihn verwundert an. »Du stellst kluge Fragen, mein Sohn. Aber ich weiß auch nicht viel mehr, als in den Büchern steht.«

»Wo endet das Weltall? Und was kommt danach? Denn dahinter muss ja was sein.« Ali hatte sich fest vorgenommen, diese Frage ein für alle Mal für sich zu klären.

»Darüber haben sich schon viele den Kopf zerbrochen. Lass gut sein, Junge. Wenn du alt genug bist, wirst du die Antworten auf deine Fragen von allein finden.«

Aus dieesen Gesprächen hatte er viel gelernt. Unter anderem, nicht einfach alles als gottgewollt hinzunehmen, sondern auch zu hinterfragen. Er hatte seine Möglichkeiten genutzt und wusste vieles auch aus den Büchern, die er in der Bibliothek seines Großvaters gefunden hatte.

Deshalb mochte er die oft tiefgreifenden Gespräche mit Bandar, auch wenn er sich nicht immer sicher fühlte. Bandar hatte ihm gegenüber nie den Allwissenden herausgekehrt, sondern ihn zumeist als Freund eines Besseren belehrt. Doch die Sache mit der angeblich fehlenden Erddrehung war so fern von allem, was er bisher gelernt hatte. Gerade deshalb konnte er sich lebhaft vorstellen, wie die Leute auf diese wahrlich märchenhafte These reagieren würden. Radio und Fernsehen übertrugen diese Feier, und Bandars Predigt käme einem Erdbeben gleich, das sogar eine womöglich wirklich starre Erde aus ihrer Umlaufbahn treiben könnte. Wenn er nur wüsste, wie er das verhindern und den Imam vor dem zu erwartenden Spott der Gemeinde schützen konnte. Hoffentlich weiß Wagdi Rat, dachte er besorgt und erhob sich. An Schlaf war nicht mehr zu denken. Außerdem kam grade die Sonne über den Hügeln herauf.

•

»Damit treibt man keinen Spaß, Ali!« Wagdi sah ihn ernst an. »Alle Welt weiß, dass sich die Erde dreht und um die Sonne als Zentrum unseres Sonnensystems kreist. Was soll das?!«

Ali hob entschuldigend die Schultern. »Ich weiß, aber er sagt, im Koran habe er die entsprechenden Stellen gefunden. Und der Koran lüge nicht.«

»Das ist Blödsinn, Ali, und du weißt das.« Wagdi machte eine Handbewegung, als wollte er diese Gedanken vom Tisch fegen. »Bandar muss wahnsinnig geworden sein. Mir sind in letzter Zeit manche seiner Ideen seltsam vorgekommen. Das wird kein gutes Ende nehmen.«

»Deshalb bin ich ja zu dir gekommen. Ich weiß nicht, wie ich ihm das ausreden soll. Du bist ein weiser Mann, Wagdi. Vielleicht hört er auf dich«, sagte Ali beschwörend.

»Der Koran kennt solche Zustände als al-hamia[1].«

Ali senkte betrübt den Kopf und wischte mit den Füßen im Staub. »Weißt du, Wagdi, ich habe ihm stets vertraut, aber ich fühle mich, als ob ich einen Freund verliere.«

»Das verstehe ich nur zu gut.« Wagdi legte seinem jungen Freund die Hände auf die Schultern. »Mir geht es nicht besser, wenn ich solche Dinge hören muss. Aber glaube mir, es wird alles wieder gut.«

»Ich hoffe, es eskaliert nicht.«

»Lass mich mal machen, Ali. Nichts wird so heiß gegessen, wie es gekocht wird. Den Spruch habe ich bei meinem Studium in Deutschland oft gehört. Und meistens hat es gestimmt. Bis Freitag ist noch genug Zeit, mit anderen Männern zu reden, um Schlimmes zu verhindern. Was soll denn die Welt über uns denken, wenn der Imam solche Thesen öffentlich diskutiert. Leider wird das Fernsehen am Freitag in der Moschee sein. Das mag in seinem kranken Kopf der Grund sein, diesen Quatsch überhaupt zu erzählen.«

»Wir werden zum Gespött der ganzen Welt, wenn das publik wird. Es reichen doch schon die anderen Geschichten, die verbreitet werden.«

---

[1] blinder Eifer, Unwissenheit

»Solche Hirngespinste verunsichern das arabische Volk und setzen es dem Spott aller aus. Davon nähren sich die extremen Kräfte. Sie nutzen diese Ereignisse für ihre eigenen Ziele. Und das kann Bandar nicht wollen.«

•

Der Freitag begann mit einem Sonnenaufgang, den Ali selten als so schön empfunden hatte. Der warme Wind strich beruhigend über seine Haut. Seit er das Joggen für sich entdeckt hatte, versuchte er so oft wie möglich, morgens ein paar Kilometer zu laufen, bevor er an die Arbeit ging. Er hatte es immerhin zum Abteilungsleiter gebracht. Seine Freundschaft zu Bandar und Wagdi hatte ihm manche Tür geöffnet.

Nachdem er seine Runde zu Ende gelaufen und geduscht hatte, saß er nachdenklich auf der Terrasse.

Das Freitagsgebet war etwas Besonderes, das sich kein Gläubiger nehmen ließ. Umso mehr würde Bandars Predigt Wellen schlagen. Ali beschloss, vorher noch einmal mit Bandar zu reden.

Er traf ihn in der Freitagsmoschee bei den Vorbereitungen. »Bandar, ich schätze dich als Freund und Lehrer«, druckste Ali herum. »Die Sache mit der Erddrehung darfst du nicht in deiner Predigt sagen. Alle Welt wird sich köstlich darüber amüsieren, im besten Fall.«

»Im besten Fall werden sie mir glauben, wie sie mir alles glauben, was im Koran steht.« Bandar schob Ali grob beiseite. »Du wirst es sehen, ich kann es beweisen.«

»Nun, Bandar, sage nachher nicht, ich hätte dich nicht gewarnt.« Ali machte eine Faust in der Tasche. Die Galabija wurde ihm fast zu eng. Das wird zum Sturz des Imams führen, dachte er traurig.

Die Moschee füllte sich zusehends. Ali betrachtete die Kameras und Scheinwerfer, die das Geschehen auch auf den Vorplatz übertrugen, wo sich inzwischen Hunderte Gläubige eingefunden hatten. Er begab sich auf seinen Platz unweit der Minbar[1] und versuchte, sich auf die Gebete zu konzentrieren.

Jetzt kam Bandar an ihm vorbei und stieg die Stufen der Minbar hoch, um die [2]Chutba zu halten.

»Es ist falsch, dass jemals jemand auf dem Mond spazieren gegangen ist. Und auch die Erde dreht sich nicht, sie steht still. All das ist eine Erfindung von Hollywood.« Die Gläubigen folgten den Ausführungen des Imams mit steigender Unruhe. Vereinzelt sah Ali in grinsende Gesichter. Nur Wagdis Miene, der ein paar Schritte neben ihm saß, ließ

---

[1] Kanzel in der Moschee
[2] Predigt

keine Regung erkennen. Der Imam fuhr fort mit seiner Predigt. »Der Koran sagt: Die Sonne läuft zu ihrem Ruhepol. Somit kreist die Sonne um die Erde – und nicht umgekehrt. Der Koran hat immer recht. Ich beweise es euch.«

Bandars Stimme hob sich mit jedem Wort an.

»Fliegt man von Saudi-Arabien nach China, würde man ja niemals ankommen, wenn sich die Erde mit dem Flugzeug mit bewegen würde. Würde sich die Erde drehen, würde es ja ausreichen, wenn das Flugzeug einfach in der Luft wartet, bis irgendwann nicht mehr Saudi-Arabien, sondern China am Boden auftaucht.«

Ungläubiges Erstaunen wallte durch die Moschee. Einzelne Männer stießen dem Nebenmann in die Seite, andere rutschten unruhig umher. Von draußen waren erstes Gelächter und Rufen zu hören.

Ali sah sich um. In allen Gesichtern bemerkte er Entsetzen, Neugier, und in manchen Anzeichen von Spott und unterdrücktem Lachen. Er hörte den Imam unbeirrbar weitersprechen.

»Mit diesem Wasserglas beweise ich euch, dass der Koran in allem Recht hat.«

Bandar nahm ein vorbereitetes Wasserglas zur Hand und ließ es kreisen. Mit der anderen Hand positionierte er die Sonne.

»Seht her, ihr Zweifler. Wenn es hochrangige Imame lehren, muss es stimmen.«

Die versammelte Gemeinde in der Moschee wie auch draußen auf dem Vorplatz konnte nunmehr nur schwer ihr Lachen unterdrücken. Von draußen drangen tumultartige Geräusche in die Moschee, und drinnen hallte das Lachen wider.

Bandar schien äußerlich unbeeindruckt und fuhr in seinen Erklärungen fort, obwohl ihm niemand mehr zuhörte.

Dann plötzlich taumelte der Imam und das Wasserglas fiel ihm herunter. Er rutschte in der kleinen Pfütze aus und fiel die Stufen der Minbar herab. Sein Kopf schlug hart an die Pfosten und Bandar blieb regungslos liegen.

Ali bahnte sich einen Weg durch die aufgebrachte Menge und eilte zu seinem Freund, der kopfüber auf den Stufen lag. Blut floss aus einer Wunde am Hinterkopf. Er kniete sich neben ihn und wischte ihm das Blut von der Stirn.

Bandar schloss seine Augen.

»Jetzt steht sie still.«

Klassentreffen

»Ich habe dir gleich gesagt, dass ich da nicht hingehe, Bernhard«, entgegnete sie hart. Ein kurzer, entnervter Blick von seiner Angetrauten traf ihn. »Lass mich in Ruhe damit.«

Er legte die Zeitung beiseite und feixte über den Brillenrand hinweg. »Ach, Gitta, komm, das wird bestimmt lustig. Außerdem willst du mir doch nicht erzählen, dass dich nicht interessiert, was aus Hansi geworden ist.«

Sie hob jäh den Kopf und schnappte hörbar nach Luft. Das Buch, in dem sie gerade noch gelesen hatte, krachte auf den Schreibtisch und ihr Stuhl kippte polternd nach hinten auf den Boden, als sie sich ruckartig erhob.

»Dass du mich immer noch damit aufziehen musst! Die Sache mit Hansi ist hundert Jahre her. Ich will ihn nicht sehen – und auf die Mädels bin ich auch nicht scharf. Es reicht, wenn ich der einen oder anderen beim Bäcker begegne. Geh, wenn es dir Spaß macht, aber lass mich damit in Frieden.«

»Ach, Gittalein, sei doch nicht so!«

Bernhard bemühte sich, ein heiteres Gesicht zu machen. Er erhob sich aus dem Sessel und nahm sie sanft an den Schultern. »Es waren doch auch schöne Zeiten. Damals.«

»Ich bin damit fertig. Schule ist Geschichte.«

»Ernsthaft, Gitta?! Ich bin gerne Lehrer gewesen. An meinen Schülern habe ich viel Freude gehabt.«

»Das ist es ja nicht, Bernd.« Gitta lehnte sich an ihn. »Ich war wie du mit Leib und Seele Lehrerin. Aber manches Mal hätte ich gern richtig dazwischen gefunkt, damit die Gören merken, was los ist.«

»Ich weiß, Geschichte und Latein stehen bei den meisten nicht hoch im Kurs. Ich hatte es mit Sport und Deutsch leichter. Andererseits waren auch wir keine Engel. Ich bin auch froh, dass die Schulzeit rum ist, so oder so. Aber so ein Klassentreffen …«

»Ich habe wirklich keine Lust auf die alten Geschichten.« Gitta löste sich abrupt von ihm. »So sehr ich Lehrerin sein wollte, so sehr habe ich manches Mal feuerwehrrot gesehen. Aber ich konnte nicht aus meiner Haut, verstehst du? Außerdem – unser Abi ist längst Geschichte, da braucht es keine Anekdoten von anno Krümel …«

»Komm schon, Gitta. Lass uns hingehen.«

»Vielleicht kannst du mich nach dem Abendessen überzeugen, dass ich dahin gehen muss.«

●

»Das ist aber eine Überraschung, die Frau Studienrätin und der Herr Direktor!« Hans begrüßte sie mit offenen Armen, als sie in der Gaststätte eintrafen. »Wie schön!«

»Du siehst gut aus, Hansi.« Bernhard sah an dessen feinem Anzug herunter auf die sündhaft teuren Lederschuhe. »Es geht dir wohl gut.«

»Sieht man das nicht? Im Ernst, die Geschäfte laufen gerade wegen der Stammkunden.« Hansi entgingen die irritierten Mienen seiner Gäste nicht.

Er führte die beiden in einen kleinen Gastraum abseits des abendlichen Trubels. »Da wären wir.«

»Warum hast du keine Party spendiert? Wäre doch auch schön gewesen?«

»So eine Festivität kann ich jeden Tag haben.«

»Wer kommt noch?«

»Iris. Sie verspätet sich etwas.«

»Ach, die Iris! Die habe ich ewig nicht gesehen! Die war eine Klasse für sich, wie auch du.«

Gitta sah wohl einen Augenblick zu lange zu Hansi. Bernhard zog seine Stirn in Falten, aber er verkniff sich eine Bemerkung.

»Mir ist nach einem Bier.«

»Kommt sofort … und für dich, Gitta? Einen trockenen Rotwein?«

»Dass du dir das gemerkt hast!«

Sie genoss seine Aufmerksamkeit. Er hatte ihr galant aus dem Mantel geholfen und nun schob er ihr auch noch den Stuhl unter. Er übte immer noch eine große Anziehungskraft auf sie aus. Und seine Höflichkeiten schmeichelten ihr.

»Setzt dich doch, Bernhard.« Hansi bot Bernhard einen Stuhl. »Ich bin sofort wieder da.«

Gitta richtete ihren Blick auf den Raum, der im schummrigen Licht der dezenten Beleuchtung urgemütlich wirkte. Neben dem Tisch mit rustikalen Stühlen gab es ein antikes Buffet und ein Sideboard. Unter der Decke hingen ein paar schwarze Balken, die den Raum niedriger erscheinen ließen.

Alles in allem fast ein lauschiges Séparée, fehlt nur noch ein altes Sofa mit dicken Polstern, dachte Gitta, als sie sich umsah.

»Wie geschaffen für eine Feuerzangenbowle«, sagte sie zu Bernhard, der sich anerkennend umgesehen hatte. »Ich hatte anfangs ein Klassentreffen der üblichen Art erwartet. Aber ich bin froh, dass wir nicht auf die ganze Meute treffen.«

»Ich weiß, erst war man in der gleichen Klasse, dann stand man vor deren Kindern. Das ist wie freiwillig lebenslänglich.« Bernhard grinste. »So wie wir. Immerhin sind es gut vierzig Jahre bei uns.«

Gitta fummelte an ihrem Fingernagel. Nicht nur das Wiedersehen mit Hansi berührte sie. Insgeheim hatte sie viele Jahre eine Affäre mit dem »Lebemann« aus der Schulzeit gehabt. Sie hatte es erfolgreich verdrängt. Und Bernhard war ahnungslos geblieben. »Das wird sich auch nicht ändern.«

»Achtung, heiß und alkoholisch!« Iris betrat den Raum. »Schön, dass ihr unserer Einladung gefolgt seid. Wie geht es euch?«

Ein Kellner trug ein Tablett mit Gläsern und Bestecken herein. Wie ein lautloser Schatten.

Gitte freute sich, Iris zu sehen. »Du hast dich fast nicht verändert. Was hast du all die Jahre gemacht?«

»Du auch nicht, Gitta.« Sie setzte sich zu den beiden. »Ich habe die letzten Jahre im Büro verbracht, war nicht schlecht, aber auch nicht unbedingt prickelnd. – Ich denke, Hansi wird sicher gleich mit den Getränken kommen.«

»Ein wundersamer Abend erwartet uns.« Der Gastgeber kam hinzu, gefolgt vom Wirt, der Platten mit Häppchen auf dem Sideboard abstellte. »Die Bowle bringe ich dann noch, Chef.«

»Dann wollen wir mal anstoßen. Auf einen gelungenen Abend!« Die Gläser klirrten. Hansi sah zu Gitta: »Lehrer wäre nicht mein Ding gewesen.«

»Schlecht getroffen hast du es aber nicht.« Bernhard stellte sein Glas ab.

»Nein, sicher nicht. Ich hatte zu wenig Sitzfleisch, da musste ich nehmen, was ich kriegen konnte. Nachdem die ersten Jahre recht ungestüm verlaufen waren, kann ich heute nicht klagen. Der Puff wirft genug ab.«

»Wie? Was?« Gitta blickte entgeistert in die Runde. »Das ist ja …! Du bist …«

»Ja, Gitta, ich bin so was wie eine männliche Puffmutter. Und ich lebe nicht schlecht damit.«

»Wusstest du das, Iris?« Gitta hatte sich etwas gefasst.

»Ja, aber auch erst seit kurzem. Schließlich gehe ich nicht in solche Bars. Aber ich finde nichts dabei. Jeder macht sein Ding.«

»Ich führe diesen Laden jetzt schon über 20 Jahre.« Hansi blickte mit ernstem Gesicht zu Gitta und Bernhard. »Er läuft gut, ist immer tadellos und es gibt kein Fratzengeballer.«

»Das ist echt eine Überraschung, Hansi! Ich hätte nicht gedacht … Hauptsache, die Mädels sind klasse.« Bernhard lehnte sich zurück und grinste. »Einer muss ja dafür sorgen, dass …«

»Bist du wohl ruhig, Bernhard!«

Gitta wurde die Unterhaltung unangenehm. Was wäre wohl aus uns geworden, wenn ich nicht Bernhard den Vorzug gegeben hätte? Sie schüttelte den Gedanken aber sofort wieder ab.

Der Wirt stellte das Rechaud und ein großes, mit Bowle gefülltes Gefäß auf den Tisch. »Da ist das gute Stück, Hans. Viel Spaß damit.«

»Dann wollen wir mal. Auf unsere Schulzeit frei

nach der ›Feuerzangenbowle‹, die ebenso unvergessen ist.«

»Eine harte Zeit für manchen, der chillend in den Stühlen hing.« Bernhard nahm das erste Glas Bowle, reichte es seiner Frau und behielt sich auch eines. »Aber man überlebt es.«

»Ja, mir haben beide Seiten Spaß gemacht, auch wenn ich nicht immer mit allem einverstanden war.« Gitta prostete in die Runde.

»Und manchen ist die Zeit so kurz, die bleiben drin bis zu Pension.« Hansi hob sein Glas, erhob sich und fuhr mit nasaler Stimme fort: »Die Lausebengel aus der zweiten Reihe mögen bitte ihre Kaugummis aus den Haaren der Vordermänner, äh, Vorderfrauen nehmen.«

Iris und Gitta prusteten los. »Mach weiter, das ist klasse!«

Bernhard hätte sich beinahe an der Bowle verschluckt. »Ja, mach weiter, mein Hemd ist schon nass.«

»Auch die Hupatze ganz hinten links mögen ihren Schabernack beenden ... Wo sind wir denn hier?«

»Wo hast du das bloß her, Hansi? Genial!« Gitta wischte eine Träne aus den Augen.

»Was fällt Ihnen ein, junges Frollein, mich zu duzen. Ich bin ihr Lehrer! Setzen Sie sich! Sechs, Pfeiffer, schreiben Sie ins Klassenbuch: Frollein Gitta stört den Unterricht.«

»Ich brauch was zu essen, sonst lässt mich die Bowle noch auf dem Tisch tanzen.« Iris ging rüber zur Anrichte. »Kalt werden kann es nicht, aber besser wird es nicht davon, wenn es dort stehenbleibt. Komm, Gitta.«

»Was fällt Ihnen ein, Frolleinchen? Es ist Unterricht.« Hansi ging ganz in seiner Rolle auf, stürzte auf Iris zu, der Gitta gerade noch den Teller aus der Hand nehmen konnte, und zog sie am Ärmel zu ihrem Platz zurück.

»Da bleiben Sie sitzen und rühren sich ja nicht vom Fleck!«

»Du hättest Schauspieler werden sollen, Hansi.« Bernhard verfolgte die Darbietung mit einem breiten Grinsen im Gesicht.

»Pfeiffer, Sie sind jetzt nicht dran. Schreiben Sie ins Klassenbuch: Pfeiffer ist vorlaut.«

Hansi nahm plötzlich einen Schluck von seinem Glas Bowle, erhob sich und hielt sich torkelnd am Stuhl fest.: »Herr Lehrer, mir ist auf einmal so schwummrig. Kann das an der Bowle liegen?«

Im nächsten Augenblick stand er steif mit geweiteten Augen da: »Nein, nein, das kann nicht sein! Es ist doch kaum Alkohol drin. Stellen Sie das Glas ab, sonst verschütten Sie noch das gute Getränk!«

Schwankend und lallend entgegnete er in der Rolle des Pfeiffer: »Herr Lehrer, ich kann es nicht glauben, aber Sie haben plötzlich Lockenwickler in den Haaren.«

»Was soll das Gefasel? Sie sehen Gespenster! Lassen Sie den Quatsch und setzen Sie sich. Sie verkleckern noch alles.«

»Nein!« Er griff mit einem Mal nach einer Kreide auf dem niht vorhandenen Pult. »Ich, Pfeiffer, werde mein Werk heldisch vollenden und die Tafel schraffieren.«

Er torkelte auf eine imaginäre Tafel zu und wischte mit den Armen. Dann stand er wild fuchtelnd da und zeichnete ein wildes Handgemenge in die Luft. Er führte seinen Kampf zu Ende, verneigte sich anschließend demonstrativ und fiel in das Gelächter der anderen ein.

Während Hansis Vorstellung hatten Gitta und Bernhard mit offenem Mund dagesessen; nun wischten sie sich lachend und prustend die Tränen aus den Augen. Auch Iris hielt sich den Bauch vor Lachen.

»Ja, Bernhard, das habe ich versucht. Schauspielschule und kleinere Rollen. Aber ernährt hat mich das nicht.« Hansi setzte sich zu den anderen. »Ich ging windigen Agenten auf den Leim und verlor fast alles, was ich besaß. Schließlich landete ich waidwund auf der Straße. Ich war eine ganze Weile obdachlos. Wisst ihr«, meinte er und sah sie ehrlich an, »ich machte meinen Traum wahr und studierte

Theater. Aber durch die Sache mit der Agentur verlor ich alles und brauchte meine ganze Kraft, meinen Lebensweg doch noch in die richtige Richtung zu forcieren. Später führte mich der Zufall in den Puff, der heute mir gehört. Und ich lebe nicht schlecht damit. Ich habe fertig, wie ein berühmter Trainer mal sagte.«

»Und wie bist du an das Bordell gekommen?«

»Das ist eine Geschichte, die ich heute nicht erzählen möchte. Ein anderes Mal gerne.« Über Hansis Augen legte sich ein Schatten. »Dafür ist der Abend zu schön, als dass ich ihn euch mit meinem Leben vermiesen möchte. Lasst uns lieber von was anderem reden.«

Iris legte Hans die Hand auf den Arm. »Der Abend ist nicht gemacht für Traurigkeiten.«

»Das Leben hat sein eigenes Drehbuch«, Hansi hob das Glas. »Und Schule sowieso. Auf unsere gemeinsamen Jahre!«

»Ja, Ihr Lieben, auf unsere gemeinsame Zeit.« Iris prostete Gitta zu und diese meinte, in Iris Blick eine ganz besondere Botschaft zu lesen. »Auf dich, Gitta. Und dich, Bernhard. Manchmal lernt man am Ende das, was man am Anfang hätte brauchen können.«

•

»Das war doch ein gelungener Abend, Gitta.«
Bernhard sah zu seiner Frau hinüber, die den Wagen durch die nächtlichen Straßen fuhr. »Da sieht
man mal, was aus den Kameraden geworden ist.
Der eine hat 'nen Puff, der andere ist längst gestorben, und wieder andere haben wie wir ›endlich
fertig‹ und sind in Rente.«

»Mich verwundert schon etwas, dass Hansi jetzt
den Nachtclub hat. Ich hätte es nicht geglaubt,
wenn er's nicht selbst erzählt hätte.« Gitta sah kurz
in den Rückspiegel, wechselte die Fahrspur. Dann
fuhr sie fort: »Damit habe ich wirklich nicht gerechnet.«

»Ich auch nicht. Seine ›Feuerzangenbowle‹ war
wirklich lustig und gut gemacht. Da hätte er wirklich drauf aufbauen können. Aber wie das Leben
so spielt: Manchmal kommt es anders, als man
denkt.«

»Ja, Bernd. Ich bin froh, dass Du mich zum Klassentreffen überzeugt hast. War wirklich schön.«
Gitta sah flüchtig zu ihm herüber.

Bernhard entdeckte in ihrem Blick genau das
Strahlen, um dessen Willen er sie liebte. ›Ich glaube, sie hat endlich fertig ...‹, dachte er und um seine Lippen entspannten sich die Fältchen.

Vier Engel mit Leintuch
Drei besondere Begegnungen

Da war es wieder - dieses Bild. Ich sah sie vor meinem geistigen Auge. Die vier Engel. Sie warteten geduldig auf ihre Zeit.

Und ich wartete auch.

Ich hatte sie schon mal gesehen.

Da kamen sie einen nüchtern weißen Gang herunter, eben auf das Zimmer zu, in dem der Vater meiner Lebengefährtin lag. Ich hatte mit ihr bei ihm gesessen und er hatte mich plötzlich in die entstandene Stille hinein gefragt: »Du, Katharina, wie ist das, wenn man gehen muss?«

Ich war ehrlich betroffen!

Was sollte ich darauf antworten?

Sekunden wurden zur Ewigkeit, aber sein Blick sagte mir, dass er eine Antwort haben wollte. Warum fragte er das ausgerechnet mich? Was sollte diese Frage? Welche Antwort erwartete er? Wieso fragte er das nicht seine Tochter?

»Wie meinst du das?«

»Wie ist das, wenn man sterben muss?« So direkt, so klar, so eindringlich. Seine Stimme war in diesem Moment fester denn je.

Mir wurde klar, dass ich aus dieser Nummer nicht mehr herauskam. Ich hatte in all den Monaten, die er hier im Pflegeheim gelegen und sicher auch gelitten hatte, mit seiner Tochter alles getan, dass es ihm gut ging. Es war ein schönes Heim mit netten Leuten und gutem Personal, das jeden Penny wert war. Sie machten ihm die Zeit so angenehm wie möglich. Und wir waren fast täglich nach der Arbeit bei ihm, brachten ihm sein Lieblingseis mit oder was er sonst brauchte. Auch um so unmögliche Dinge wie den Schreibkram – Testament, Beerdigung und was alles dazugehört, war mit seiner Hilfe das meiste vorbereitet. Ich hatte in den vergangenen Wochen, wie es ihm immer schlechter ging, sogar schon die wichtigen Briefe im Computer gespeichert. Dann wären sie zur rechten Zeit leichter zu verschicken.

Doch all das half in dieser Minute nicht.

Darauf war ich nicht vorbereitet – und meine Lebensgefährtin auch nicht!

»Das weiß ich nicht«, stammelte ich, nach Worten suchend. »Aber ich glaube, vier Engel kommen und holen Dich.«

Wie ich darauf kam, weiß ich heute nicht mehr, doch plötzlich waren die Worte da. »Sie bringen

Dich heim, Papa.«

Die darauf folgende Stille dauerte gefühlt ewig.

»Sind sie schon da?«, fragte er mich dann.

Ich wusste das doch nicht! Woher sollte ich das wissen? »Ich schaue mal nach, Papa.«

Ich erhob mich, ging zur Tür, machte sie einen Spalt weit auf und sah den Gang entlang. Dann schloss ich die Tür wieder.

»Sie sind noch nicht da.«

»Muss ich laufen?«

»Das kann ich mir nicht vorstellen«, antwortete ich und setzte mich wieder zu ihm. »Sie tragen Dich. Du brauchst nicht laufen. Der Weg ist zu weit.«

»Aber, wie ...?«

»Sie tragen dich in einem Leintuch.« Die Worte kamen einfach. »Mach dir keine Sorgen. Es sind vier starke Engel.«

»Dann ist es gut.«

Es entstand eine quälende Stille.

Meine Lebensgefährtin war ganz still geworden. Sie sagte nichts. Ich bemerkte aber, wie unangenehm ihr seine Fragen waren.

Später fragte sie mich, wie ich das hatte sagen können. »Ich weiß nicht, aber es hat ihm gutgetan.«

Ein paar Tage darauf war er friedlich eingeschlafen. Sie waren dann doch gekommen.

•

Sie sind wieder da gewesen!

Bei Michi, unserem Nachbarn.

Mit Anna, seiner Frau, haben wir ein sehr inniges Verhältnis. Und Michi war schon lange krank. Und seit er ans Bett gefesselt war, versorgte Anna ihn rund um die Uhr. Nur sein Schwiegersohn kümmerte sich noch. Er hatte alle Fäden in der Hand.

Anna hatte mich schon oft in diesen Monaten gefragt, wie lange Michi wohl noch da wäre. Woher sollte ich das wissen? Ich machte ihr Mut und bot meine Hilfe an, wann immer sie sie brauchte.

Schließlich war sie in den letzten Jahren auch stets für uns da gewesen. So half ich ihr, wenn sie mich rief. Und sie dankte es, mit Eiern von ihren Hühnern oder einem Topf Suppe.

Gestern Abend klopfte sie ans Fenster. Ich saß gerade hier am Rechner und stöberte in meinen Nachrichten.

»Kannst du mir helfen?« Sie sah mich dringend an. »Ich kann das nicht alleine.«

»Ich bin gleich da.« Ich zögerte keinen Augenblick.

»Ich muss doch, aber ….« Sie hatte selten nach Hilfe gefragt. Sie sagte immer: »Das schaffe ich schon allein.«

Doch inzwischen waren auch ihre Kräfte verbraucht. Und ihr Mann konnte sich nicht mehr bewegen, so schwach war er schon.

Als wir fertig waren, zog ich noch die Pyjamajacke zurecht und strich ihm über die Stirn.

»Die Engel warten schon.« Ich strich ihm noch einmal über die Wange und verließ sein Zimmer.

Anna und ich setzten uns anschließend noch in die Küche.

»Meinst du, es ist heute soweit?«

Hilfe, nicht schon wieder!

»Ich glaube nicht.«

Ich zündete mir eine an, auch um Zeit zu gewinnen. Woher sollte ich das wissen? Ich bin kein Arzt und kein Hellseher. »Vielleicht muss er noch ein paar Tage warten. Aber sicher nicht mehr lang.«

»Es wäre in Ordnung für mich. Er leidet schon so lange.« Anna ließ sich in den Stuhl fallen. Sie hatte wirklich alles klaglos ertragen. Sie konnte nicht mehr. Es war an der Zeit, dass etwas passierte.

Dann erhob ich mich. Hier wurde ich nicht mehr gebraucht.

Ich war noch nicht lange wieder am Schreibtisch, vielleicht eine halbe Stunde. Da klopfte es wieder am Fenster. Anna! »Michi ist tot.«

Das konnten wir fast nicht glauben. »Ich komme rüber. Kommst du mit?« Meine Lebensgefährtin nickte nur.

Wenige Augenblicke später stand ich an seinem Bett. Sein Blick war an die Decke gerichtet, er lag auf dem Rücken.

»Hast du den kleinen Michi schon angerufen? Sein Sohn muss kommen.«

Anna nickte stumm und griff zum Telefon.

Ich fühlte nach seinem Puls, nur um etwas zu tun. Eigentlich war ich mir sicher, dass dort nichts war. Ich legte die Hand auf seine Brust – und fühlte nichts.

Wir brauchten nur noch warten. Auf den Arzt, der den Tod endgültig feststellte – und die Bestatter. Am Küchentisch machte sich lähmende Stille breit. Zigarettenrauch waberte über unseren Köpfen. Und die nächtliche Kälte, die durch die offene Tür hereindrang, machte das Warten noch schwerer.

Aus welchem Grund auch immer, wie um die Totenruhe nicht zu stören, zog ich die Tür heran, hinter der Michi lag.

»Lass doch«, meinte Anna. »Ist egal.«

Nun gut.

Plötzlich sah ich einen weißen Schatten die angelehnte Tür aufstoßen. Es war Michis Katze, die all die Monate an seiner Seite gelegen hatte. Es dauerte eine Weile, dann kam sie heraus, setzte sich vor den kalten Kachelofen. Dann schlüpfte die nächste Katze durch den Türspalt. Auch sie erschien nach ein paar Augenblicken wieder, verließ die Küche und setzte sich in den Flur. Wir waren gespannt, wie das weiterging. Schließlich gab es in diesem Haushalt noch mehr tierische Mitbewohner. Noch drei weitere Katzen, von denen zwei eigentlich nur Napfgäste waren, und zwei Hunde. Und eben betrat die dritte Katze das Sterbezimmer. Sie kam ebenfalls nach ein paar Augenblicken wieder heraus und verzog sich.

Nachdem alle Katzen, wie auf ein geheimes Zeichen hin, offensichtlich Abschied genommen hatten, blieben noch die beiden Hunde übrig. Auch sie schlüpften nacheinander durch den Türspalt.

Dann war der Moment gekommen, wo wir Menschen Abschied nehmen konnten. Die Ärztin war schon gegangen, und die Totengräber trugen den Sarg hinaus.

Lebewohl, Michi.

Michi war von den Engeln geholt worden.

•

Die vier Engel schlüpften wortlos in ihre Gewänder und schoben die Kapuzen in die Stirn. Sie schlichen durch die nur spärlich beleuchteten Flure zum großen Tor.

»Er wartet schon.« Der alte Sekretär sah kurz vom Pult neben dem Tor auf und übergab dem Ältesten den Auftrag. Der hob skeptisch die Augenbrauen. »Endlich will man nicht sagen.«

Statt einer Gegenrede senkte sich der Kopf des Sekretärs. Er war müde von der langen Wacht und bedrückt, weil er schon wieder einen Haken im großen Buch machen musste. Er brummelte. »Es ist immer der rechte Zeitpunkt, doch nie der richtige.«

Der Älteste nickte wissend. Dann griff er das Licht, das an der Wand hing. Sein Gefährte, ein stiller, dünner Glatzkopf, balancierte die purpurne Karaffe mit der lebendigen Träne.

Ein Novize mit blond gelockten Haaren und Sommersprossen nahm still das weiße Leintuch, das gefaltet darunter auf einem kleinen Tischchen bereitlag. Der Vierte, ein etwas dicklicher Neuling mit leicht dümmlichem Blick, hängte sich den kleinen Beutel um, der an dem zweiten Haken an der Wand hing.

Sie wussten, was von ihnen erwartet wurde.

Draußen bestiegen sie eine Wolke und ließen sich zu ihrem Bestimmungsort bringen. Da segelten sie auf Regentropfen zur Erde. Indem sie mit ihren Füßen den Boden berührten, versiegte der Schauer, als wäre er nie auf die Erde niedergegangen. Im nächsten Moment breiteten die Jungen das Tuch aus und der kahlköpfige Engel fing vorsichtig Steffens lichterfüllte Seele auf. Mit der Träne aus der

Karaffe benetzte der Älteste das Halbdunkel des aufkommenden Morgens. Den Beutel legte er auf dem Fensterbrett ab.

Ein letzter Blick auf das Bett, in dem ein kleiner Körper reglos zurückblieb, dann machten sie sich auf den Weg die Regenbogentreppe hinauf.

Die Jungen zählten halblaut die unzähligen Stufen mit, während sie die Zipfel des Leintuches fest umklammert hielten. Nur ihre Tritte durchbrachen die in sich gekehrte Stille.

»Warum lassen wir immer einen Beutel zurück?«, fragte der Pummelige den Lehrmeister, der fest voranschritt. »Das könnten wir uns sparen. Da war doch gar nichts drin.«

»Ich würde es auch gerne wissen«, warf sein Kumpel nach Atem ringend ein.

Die großen Engel sahen ärgerlich zu ihnen herab. Die Lehrjungen sollen einfach ihren Job machen, brummten sie in sich hinein.

»Ihr werdet es wissen, wenn die Zeit gekommen ist«, sagte der Älteste mit sonorer Stimme.

»Geht«, murrte der Stille ungehalten, obwohl er sich diese Frage insgeheim selbst gestellt hatte.

»Aber wir wollen es wissen!«, schnauften sie.

Der Älteste hielt einen Moment inne und leuchte mit der Laterne in die Nacht. Ihm war die Anstrengung des Aufstiegs anzusehen. »Kommt, wir machen eine Pause. Dann erzähle ich euch, warum in manchen Beuteln scheinbar nichts drin ist. Setzt euch.« Augenblicke später saßen sie auf den Stufen der Regenbogentreppe. Vom Horizont kamen die ersten Sonnenstrahlen zu ihnen. Ein herrlicher Friede umgab sie.

»Also, hört gut zu. Die Beutel bewahren die Erinnerung an das Leben. Mancher ist prall gefüllt, einige nur halb und in anderen steckt Wichtiges wie Banales. Ein Beutel wiegt schwer, der andere leicht wie eine Feder. Manches geht im Leben verloren, oder wird nicht rechtzeitig wiedergefunden, oder auch bewusst verlegt. Und dann erscheint der Beutel leer. Aber Nichts geht in Wirklichkeit verloren«, erklärte er mit sanfter Stimme.

»Sein Beutel ist aber leer. So haben seine Eltern und alle, die ihn kannten, ja nichts, an das sie sich erinnern können. Das ist so traurig.«

Der Älteste hob ratlos die Schultern. Er stellte die Fügung nicht infrage, er nahm alles, wie es kam.

Der Glatzkopf schmunzelte in sich hinein. »In seinem Beutel fehlt nur ein unbedeutendes Blatt Papier. Es war ein Art Brief, eine kleine Geschichte. Doch sie gibt es nirgends mehr. Allerdings erinnere ich mich an ein paar Details.«

»Warum hast du nicht wenigstens die hineingetan? Was soll jetzt werden?« Der Älteste hob die Augenbrauen. Sein Kollege war schon eine Marke!

»Entschuldige, ich habe es vergessen«, meinte

der Glatzkopf, ehe er die Novizen mit ernstem Blick ansprach. Seine Augen leuchteten auf einmal. »Ich könnte versuchen, die Erinnerung zusammenzutragen, und ihr schreibt sie sauber auf. Ihr habt doch immer eure Notizblöcke parat. Und dann geben wir sie den Tauben mit, die stets zur Mittagsstunde vorbeikommen.«

»Au ja, das machen wir!« Die Sommersprossen des blonden Jungen hüpfen freudig. Der Dicke zog eine Grimasse. »Das ist nicht mein Job.«

»Was soll das helfen? Das ist doch nicht das Gleiche!« Der Älteste war nicht überzeugt. Dann nickte er plötzlich. »Gut, dann lasst uns keine Zeit verlieren.« Er war erleichtert, dass sich eine Lösung für dieses große Problem gefunden hatte. Dass sie dafür wahrscheinlich zu spät zur Versammlung kamen, würde er auf seine Kappe nehmen.

»Also, es war einmal vor langer Zeit«, hob der Kahlköpfige an, kaum, dass die Novizen Stift und Papier gezückt hatten, »da trottete ein junger Hund auf seinem Weg ins Leben. Er sah bedrückt aus, obwohl alles so fröhlich um ihn war. Bienen summten und Vögel zwitscherten, während sie um die Wette flogen. Überall sah er in zufriedene Gesichter. Nur in seinem Innern blieb die Schwermut.«

»Ist er das?«, unterbrach der blonde Junge.

»Wie man es nimmt. Aber lass mich weitererzählen. Also der Hund ging seinen Weg. Da kam er an einer Schar Tauben vorbei, die ihn freundlich grüßten. »Hallo kleiner Hund, was bist du so traurig? Das Leben ist doch schön.«

»Das will ich ja glauben.« Er schüttelte den Kopf und sein Fell wirbelte umher. »Aber ich bin nicht schön und lange nicht so bunt wie alle anderen. Mein Fell ist ganz und gar farblos. Wenn ich nur so schöne, bunte Federn hätte wie ihr, glitzernd und schillernd! Könnt ihr mir nicht ein paar abgeben?«

»Wenn es dich glücklich macht.« Sie gaben ihm eine Handvoll, die er sich über die Schultern warf. Der Hund schüttelte sich und staunte. Endlich Farbe! »So ist es schön. Danke, ihr Lieben.«

Den Tauben schien er ein Stück gewachsen zu sein.

Als er an einer Wiese vorbeikam, wo ein Löwe unter einem Baum im Schatten lag, überkam ihn wieder Verzweiflung.

Der Löwe bemerkte das. »Hey, Kleiner, was ist los mit dir?«

»Ach, ich bin Nichts gegen dich! Wenn ich nur so eine tolle Mähne wie deine hätte, wäre ich sicher wer.«

»Das bist du doch. Aber wenn es dein Herz freut, schenke ich dir eine Strähne.« Tat es und legte sich wieder nieder. Der Hund steckte das Haarbüschel an den blassen Schopf.

»Danke, Löwe, so kann ich gehen.«

Der Löwe bemerkte erfreut, dass der Hund ein Stück über sich hinausgewachsen war.

Als er an einer Wiese mit abertausenden Schmetterlingen und Insekten vorbeikam, überkamen ihn wieder trübe Gedanken. »Ihr seid alle so schön! Nur ich bin nichts wert. Könnt ihr mir nicht etwas Farbe abgeben?«

Die Schmetterlinge sahen ihn erstaunt an. »Du bist, wie du bist, und das ist gut so. Aber wenn es dich glücklich macht, bitte.« Jeder Schmetterling übergab ihm eine Farbe, ein paar Tupfen hier, ein paar bunte Punkte dort.

Der Hund war überglücklich.

Er lief zu dem See, der am Waldrand in der Sonne glitzerte. Vor Aufregung hatte er eine ganz trockene Kehle bekommen. Er trank hastig ein paar Schlucke. Als sich die Wellen glätteten, sah ihm ein fremdes Gesicht entgegen. Er erschrak leicht. So hatte er sich das nicht vorgestellt. Er flüchtete unter den erstbesten Baum.

»Was ist denn mit dir passiert? Du siehst ja lustig aus! – Bist du ein Hund, ein Vogel oder ein Insekt? Oder gar ein wildes Tier? – Bist du etwa in einen Farbtopf gefallen?« Eine Schar Entenkinder watschelte um ihn herum.

»Nein, natürlich nicht. Aber ich war so traurig, weil ich ohne Farbe geboren bin. Da habe ich mir überall Farbe, bunte Federn und prächtiges Fell geliehen.« Er ließ bekümmert den Kopf hängen. »Doch jetzt erkenne ich mich nicht. Was soll ich nur tun?«

»Das Richtige«, tönten die grauen Federbälle wie aus einem Schnabel.

Der bunte Hund dachte kurz nach. Er verstand.

Mit einer heftigen Bewegung riss er die Federn und das Büschel Löwenmähne aus. Dann rieb er auch die Farbtupfen weg. Wenig später schüttelte er sich auf der Wiese und lachte laut. »Das wäre geschafft!«

»Wie fühlst du dich jetzt?« Die Entenmama sah ihn freundlich an.

Eine Träne kullerte über seine Wange. »Aber jetzt bin ich farblos wie zuvor.«

Da suchte die Sonne ihren Weg durch die Wolken. Ihr Strahlen traf ihn. Plötzlich sahen die Enten und Schmetterlinge, die herbeieilten, den farblosen Hund in allen Farben der Welt leuchten. Sie konnten nur staunen. »Was für ein Zauber! – Welch großes Glück, dass wir das sehen dürfen!! – Ein besonderer Hund!«

Der kahlköpfige Engel hielt einen Moment inne, und den Horizont umspannte der größte Regenbogen, den sie je gesehen hatten. In ihrem Herzen breitete sich tiefe Freude aus, und von fern kamen die Tauben auf sie zu geflogen.

»Hier endet die Geschichte.« Der Kahlköpfige schob die Kapuze in die Stirn. Die Novizen falteten ihre Blätter und übergaben sie dem ersten Vogel.

Der Älteste erhob sich. »Nein, Freunde, hier fängt eine Neue an. Kommt, wir haben noch einen weiten Weg vor uns.«

Wo das Land endet
und das Meer beginnt

J. fuhr nach Spanien, um zu sterben, ... und ich werde es Josette gleichtun, fügte Johanna in Gedanken hinzu. Na ja, nicht ganz, dachte sie und lächelte gequält. Mein Ziel liegt ein wenig weiter.

Seit sie den Entschluss zum Freitod gefasst hatte, schrieb sie alles auf, was dazu geführt hatte. Einzig eine Postkarte an ihren Anwalt hatte sie vor der Abfahrt im Bahnhof aufgegeben, auf der nur jener Satz aus dem Roman Tor zur Sonne[1]. Die Vorderseite zierte ein Foto vom Cabo da Roca[2], ihrem eigentlichen Reiseziel.

Gestern hatte sie ihr Leben verlassen, einfach so, ohne Rücksicht auf Verluste. Und nun fuhr ihr Zug gerade mit ohrenbetäubendem Getöse in die spanische Grenzstadt ein.

Flirrende Hitze und vielstimmiges Durcheinander schlugen ihr vom nur spärlich überdachten

---

[1] Tor zur Sonne, Simone Tery
[2] Cabo da Roca liegt in Portugal westlich von Lissabon. Er ist der westlichste Punkt des Festlands des europäischen Kontinents.

Bahnsteig entgegen, während sie sich zu orientie-
ren versuchte. Dann stand sie auf einmal in der
gleißenden Sonne.

Der warme Wind trieb Staubwolken vor sich her
und nahm ihr den Atem. Sie hatte nur das Not-
wendigste in eine leichte Tasche gepackt, schließlich würde diese Reise ja nicht ewig dauern. Müde
und ausgelaugt von der stundenlangen Fahrerei
reckte sie sich und zündete eine Zigarette an. Sie
sah auf die Bahnhofsuhr – noch weitere vierundzwanzig Stunden. Johanna nickte zufrieden.

•

Als sie mit dem ersten Bus an der Steilküste an-
kam, war es kurz nach neun Uhr. Im Bus saß nur
das Personal für das Café und den Shop, die sie
aber nicht weiter beachteten. Die meisten Touristen und Schaulustige kamen erst am Mittag oder
Nachmittag, wenn der Wind am stärksten war.

Johanna stellte ihr Bündel auf die von niedrigem
Gras bedeckten Felsen und sah sich um. Der im-
merwährende Wind fegte über die Klippen und
ließ ihr schulterlanges Haar wie eine Fahne west-
wärts zeigen. Gleißend weiß hob sich der Leuchtturm gegen den Himmel und die felsigen Grünflä-
chen ab. Da entdeckte sie ein paar wenige Disteln
am Rande des Meeres sogenannter Essbarer Mit-

tagsblumen[1], das sich bis zum Horizont ausbreitete. Sie hatten ihre Köpfe noch geschlossen, aber bald schon würden neben ein paar lila Tupfen ungezählte gelbe auf den von der Seeluft salzigen Wiesen leuchten, und Wildbienen sie umschwirren wie Motten das Licht.

Vor vielen Jahren war sie als junge Frau einmal hier gewesen. Und schon damals hatte sie diese dramatische Landschaft fasziniert. »Nichts hat sich verändert«, murmelte sie. »Der Wind, die Felsen, das Meer ... Nur ich.«

Sie hatte sich geschworen, noch einmal hierher zurückzukommen. »Dass ich es zu diesem Zwecke tu, hätte ich mir nicht träumen lassen.«

Sie trat an die Felskante und sah ehrfürchtig hinab. Es bebte unter ihren Füßen, wenn die Brecher an die Steinwand klatschten und sich ihre Kraft in glitzernden Schaumkronen verlor.

»Hundertvierzig Meter sind viel. Vielleicht zu viel?« Sie trat ein paar Schritte zurück, der Anblick der Tiefe und die Gewalt der Brandung ließen sie schwindelig werden.

Fernab vom Leuchtturm und seinen Menschen suchte sie sich ein ruhiges Plätzchen. Hier blies der Wind nicht direkt hin, trotzdem konnte sie das Meer überblicken. An den Rucksack gelehnt zogen ihre Gedanken eigene immer engeren Kreise.

---

[1] https://de.wikipedia.org/wiki/Essbare_Mittagsblume

Sie wusste, sie würde es tun!

Nicht, dass sie das Leben hasste, nein, es war ihr nur mit der Zeit zum Feind geworden. Sie sah für sich keinen anderen Ausweg, als dem ganzen Kokolores, wie sie es nannte, den Rücken zuzukehren.

●

»Schluss jetzt, du gehst«, hörte sie sich sagen.

Johanna klammerte sich einen Augenblick an den Türgriff und atmete tief ein. Dann stand sie draußen auf dem Filzläufer, auf dem Willkommen stand. Er lag verkehrt herum.

Dort bin ich willkommen, lächelte sie gequält.

Ihre Schritte hallten auf dem harten Boden, jeder Schritt ein Herzschlag. Wie automatisch bewegten sich ihre Füße in Richtung Haltestelle.

Ihre Gedanken überschlugen sich wie die Ereignisse, die dazu geführt hatten, dass sie jetzt auf die Bahn wartete. Ihr Herz pochte hart gegen die Brust und sie spürte ihren Puls an den Schläfen.

Die Luft war schneidend kalt; dicke Schneeflocken legten einen schmutzig-weißen Teppich über alles – nur nicht über Johannas seelischen Schmerz.

Sie trat von einem Bein aufs andere, um sich warm zu halten. Aber auch ohne den Frost wäre ihr kalt gewesen. Sie versuchte, all das abzuschütteln wie den Schnee, der sich schwer auf ihre Schultern legte. Sie wollte nur noch nach Hause.

Das monotone Rattern der Bahn ließ sie ruhiger werden. Dann plötzlich wurde ihr schlecht, sie schluckte und presste die Lippen zusammen. Du willst doch jetzt nicht ...

Nicht hier, nicht schon wieder!

Es wäre ja nicht das erste Mal.

In den vergangenen Wochen hatte sie sich fast täglich übergeben müssen, meist auf dem Weg zur Arbeit. Sie nannte es bitter: sich den Weg freikotzen! Erst gestern hatte sie wieder im Gebüsch gehangen und ihr Frühstück »verloren«.

Bei dem Gedanken schmunzelte sie unwillkürlich. Beherrsche dich, Johanna. Lenk dich ab, dann vergeht das wieder. Leichter gesagt, als getan, antwortete ihre innere Stimme.

Die Geräusche um sie klangen wie das ferne Rattern einer Nähmaschine. Das war ihr alles so vertraut, dass sie mit jeder Minute ruhiger wurde. Der Würgereiz ließ allmählich nach.

Was war geschehen, dass sie einfach gegangen war und in der Bahn saß, statt an ihrem Schreibtisch? Widerstrebend ließ sie die Ereignisse wieder aufleben.

Alles hatte sie ertragen! Die plötzliche Distanziertheit der Kollegen, das grußlose Vorbeigehen des Chefs, die Stille um sie, die sich mit jedem Tag beklemmender anfühlte. Gerade erst waren ihr private Gespräche mit den Kollegen ohne erkennbaren Sinn untersagt worden. Der Pausenraum sei für sie ebenso tabu wie die Toilette, zu der sie als einzige keinen Schlüssel ausgehändigt bekommen hatte. Wer nicht putzt, darf nicht drauf, hatte er lapidar geantwortet. Du willst nur kein Geld für eine Putzfrau ausgeben, hätte sie ihrem Chef gerne hinterhergerufen, es sich aber verkniffen. Und wenn ich ganz gemein wäre, würde ich dir einen Kaffee einschenken, garniert mit einem Sträußchen Fingerhut. Das würde deinem Herzen auf die Sprünge helfen!

Wenn sie morgens kam, ging sie in ihr Büro, schloss die Tür und wartete auf den Feierabend. Ihr Schreibtisch war aufgeräumt, alle Arbeit erledigt, neue bekam sie nur wenig. Gestern hatte ihr jemand eine kleine Arbeit reingereicht. »Lass das nicht den Chef sehen.« Sie konnte durch das Fenster zum Gang ihre Kollegen sehen und erhaschte einen flüchtigen Blick. Mitleid stand darin und die Angst um den eigenen Job. Sie haben was zu tun, dachte Johanna. Sie können nichts dafür, sie tun, was sie tun müssen. So hatte sie in den letzten Tagen auch nur wenig getrunken, um nicht in Bedrängnis zu geraten. Denn der bitterste Rat ihres Chefs zu der unsäglichen Toiletten-Situation: »Nebenan ist eine Tankstelle, die haben ein Klo.«

Sie hatte bislang nicht über die Vorkommnisse gesprochen. Doch heute, als ihr Chef mal nicht im Haus war, hatte sie die Gelegenheit genutzt und Renate, seine Sekretärin, aufgesucht. Mit ihr hatte sie seit langem ein gutes Verhältnis. Auch sie fürchtete die Entwicklungen, die sich abzeichneten. Sie hatte aber keinen Einfluss geltend machen können.

Johanna reichte ihr die letzte Krankmeldung.

»Magenschmerzen, kein Wunder! Das soll einen nicht krank machen? Was soll ich machen, Renate? Kündigen? Ich bin nicht blöd.«

»Ne, der Schuss geht nach hinten los.« Renate nahm das Attest zu den Akten. »Ich weiß, dass das nicht einfach ist. Aber wenn du…«

»Nein, Renate. Ich bin nicht dazu eingestellt, Klos und Pausenräume zu putzen, neben der Arbeitszeit, ohne Vergütung. Nur um ihm den Porsche zu finanzieren. Und dazu die ungerechten Beanstandungen meiner Arbeit.«

»Das ist Egoismus, Johanna. Wir haben durch deinen Stress mit dem Chef alle zu leiden. Wir haben einen Job zu verlieren.«

»Das ist es doch nicht.« Johanna wurde wütend, weil sie an der Misere, in der die Firma seit Wochen steckte, schuld sein sollte. »Was kann ich dafür, wenn er seine Arbeit nicht richtig macht? Ich bin nicht Schuld, dass der Auftrag futsch ist und er seinen Porsche nicht mehr volltanken kann. Außerdem habe ich meinen Stolz, das ist nicht Egoismus, Renate. Aber Ihr wehrt euch ja nicht. Doch für mich ist Schluss. Ich kann nicht mehr. Ich werde meine Sachen packen und nachmittags zum Arzt gehen.«

»Okay, Johanna, ich sage ihm, dass dir nicht gut ist. Und morgen sagst du mir, wie lange du krank bist. Viel Glück, Johanna.«

Danach war sie in ihr Büro gegangen, hatte den Computer heruntergefahren, ihre Sachen gepackt und war mit einem letzten Gruß an Renate gegangen.

Da riss sie das Quietschen der Bremsen aus ihren Gedanken. Mit einem festen Ruck stand die Bahn plötzlich mitten auf der Strecke. Was ist passiert? Johanna sah aus dem Fenster. Dort lag ein Fahrrad – scheinbar halb unter der Bahn. Das Katzenauge am Hinterrad rotierte im Leerlauf noch eine Weile, dann stand es still. Der Fahrer kam aus seinem Führerstand und begann ein Gespräch mit jemandem. Dem Radfahrer schien nichts passiert zu sein. Johanna sah, wie er sein Rad anhob und über die Gleise stolperte. Das hätte auch ins Auge gehen können. Sie war froh, dass nichts passiert war.

Der Fahrer stieg wieder ein und entschuldigte sich über Mikrofon für die Störung. Wenig später leuchtete auf der Anzeigentafel ihre Haltestelle auf. Johanna erhob sich. »Endlich geschafft, gleich bin ich zu Hause«, stöhnte sie auf.

Der Schneefall hatte aufgehört. Eisiger Wind blies ihr dafür in den Nacken und trieb sie vor sich her. Ganz schön hinterhältig, dieser Wind! Sie zog die Jacke am Hals zusammen und drückte sich eng an den Fassaden entlang. Dann endlich erreichte sie die Straßenecke und konnte im Windschatten die letzten Meter etwas entspannen.

Gleich mache ich mir erst einmal einen Kaffee und später gehe ich zum Schmidt und erzähle ihm alles. Er wird mich bestimmt nicht hängen lassen und ein Attest ausstellen.

Wenig später schloss sie die Wohnungstür hinter sich und ließ sich erschöpft auf den Küchenstuhl sinken.

•

Sie erinnerte sich genau an diesen Tag.

Wie auch an viele andere zuvor und danach, die sich in ihr Herz gebrannt hatten. Alle hatten das Ziel, sie zu zerstören. Mit jedem Tag, mit jedem Jahr hatte sich das Füllhorn immer mehr aufgebläht, dass es jetzt zu platzen drohte.

Ihr Schritt war wohl überlegt. Sie würde hier diesem Leben ein Ende bereiten, ehe es sie zerstörte. Lieber habe ich es selbst in der Hand.

Deshalb war sie gegangen, ohne Spuren zu hinterlassen; einzig die Postkarte bewies, dass sie aus freien Stücken aus dem Leben schied.

Gegen Mittag füllte sich das Plateau. Sie erhob sich und ging ein paar Schritte. Kinderlachen und Stimmengewirr mischten sich mit der tosenden Brandung. Sie sah die Menschen furchtsam die Klippen hinunter starren. Manche hielten sich gegenseitig fest, aus Angst hinüber zu fallen. Aus einer Laune heraus knipste sie mit ihrer Kamera ein paar Motive.

Sie schlenderte zu dem Pfeiler, der den westlichsten Punkt der Alten Welt markierte und die Sehnsucht nach der Neuen auf der anderen Seite des Ozeans nährte.

Am Kiosk beim Leuchtturm erstand sie von ihrem letzten Geld ein Sandwich und eine Flasche Wasser.

Wieder bei ihrem Rucksack angekommen, staunte sie nicht schlecht. Da saß ein junger Mann in einem Rollstuhl und blätterte in ihren Aufzeichnungen.

»Was machst du hier?« Sie entriss ihm den Block und ihre Augen sprühten vor Zorn und Überraschung.

»Das Gleiche könnte ich dich auch fragen, Johanna.« Der Mann sprach mit spanischen Akzent, aber sein Deutsch war sehr gut. Ernst schauten dunkle

Augen aus einem jugendlichen, sonnengebräunten Gesicht. Seine schwarz glänzenden Haare gingen ihm bis auf die Schultern. Er trug eine halblange Hose und Sandalen. Auffallend war das große goldfarbene Kreuz auf seiner nackten Brust.

»Warum willst du dich umbringen? Macht das Sinn?«

»Was geht dich das an? Wer bist du?«

»Ich bin José.« Er ließ seinen Blick über das Plateau schweifen. »Ein schöner Ort, zu schön, um sich umzubringen.«

»Lass mich in Ruhe!« Ihre Stimme überschlug sich fast. Sie raffte ihre Tasche und den Rucksack zusammen. »Ich will allein sein.«

»Das kann ich jetzt nicht mehr, Johanna.« José legte seine Hand auf ihre Schulter und seine Augen sahen sie bekümmert an. Seine Stimme war ruhig und fest. »Gott will nicht, dass du dein Leben wegwirfst.«

»Woher willst du wissen, was er will?« Johanna lehnte den Rucksack wieder an den Felsen und ließ ihre Tasche ins Gras fallen. Sie sah José provokant an. »Er hat doch keine Ahnung!«

»Hätte er mich sonst zu dir geschickt, Johanna?«

»Ach, was weiß ich! Ich habe keine Lust auf so ein Palaver, davon hatte ich in meinem Leben genug.«

»Nach allem, was ich gelesen habe, palaverst du

auch nur.« José nahm den Block aus ihrer Hand und blätterte ein paar Seiten. »Was ist daran so schlimm, dass Gott dir immer wieder von Neuem eine Aufgabe gibt? Er weiß, dass du seinen Willen erfüllen kannst – wenn du nur willst. Stattdessen flüchtest du in dein Schneckenhaus und machst andere für dein Unglück verantwortlich. Mich wundert nicht, dass es dich genau hier ans Ende der Welt zieht. Schau dich um, was siehst du?«

Johanna starrte auf den Horizont. Sie musste blinzeln, weil der feste Seewind sie in den Augen schmerzte. Eine Träne löste sich und kullerte ihre Wange hinab. Dann sahen Johannas Augen spöttisch auf den jungen Mann herab. Ihre Stimme überschlug sich fast. »Wenn ich mir dich ansehe, José, hat dich dein Gott nicht wirklich lieb. Was soll das für ein Leben sein? Andere Menschen mit klugen Sprüchen von ihrem Leben abhalten! Ist das dein Leben?«

»Nein, Johanna.« José legte den Block auf ihren Rucksack. »Heute laufe ich nicht mehr kopfüber von einem Abenteuer ins nächste. Aber ich fahre, wohin mich Gott lenkt. Und bislang bin ich gut damit gefahren.«

»Klar, auf fast platten Reifen!« Johanna tippte spitz auf die halbleeren Schläuche. »Er hätte dir eine Luftpumpe mitgeben sollen.«

»Aha, auf den Mund gefallen bist du nicht.« José

drehte den Rollstuhl so, dass er zum Leuchtturm sehen konnte. »Da schau, all diese Menschen sind auf der Suche. Hier erhoffen sie sich Nervenkitzel, Spannung und Mancher Spiritualität. Dieser Ort ist wie geschaffen dafür. Und, nebenbei bemerkt, bist du nicht die Erste, die hier das Ende ihres Weges sieht. Viele schon standen vor dir einen Schritt vom Abgrund entfernt. Alle haben den ihren noch gemacht.«

»An dir ist ein Philosoph verlorengegangen. Spar dir das lieber für jene auf, die das hören wollen.« Johanna setzte sich ins Gras und lehnte sich an den Rucksack. Mit einer Hand wies sie zum Leuchtturm. »Geh zu denen da und lass mich in Ruhe!«

»Wie du willst, Johanna. Ich halte dich nicht auf.« José sah jetzt zu ihr herab, aber in seinen Augen war nur Zuneigung zu lesen.

»Geh schon.«

Johanna nahm ihren Block und blätterte ein paar Seiten zurück. Augenblicke später hörte sie das Schleifen der Rollstuhlräder. Dann war Ruhe bis auf das Pfeifen des Windes.

Diese Begegnung hatte sie aus dem Konzept gebracht. Sie hatte sich das doch alles perfekt zurechtgelegt. »Also alles in bester Ordnung«, murmelte sie. Während auf dem Plateau und den Felsen ringsum die Touristen fasziniert das Naturschauspiel betrachteten, schrieb Johanna weiter an ihrer ›Erklärung‹, wie sie es nannte. Sie hatte kein Auge für die ungezähmte Natur zu ihren Füßen. Sie sah nicht die Falken, die zu Hunderten in den Felsnischen nisteten und im Steilflug über die Klippen sausten, sie sah nicht die im Sonnenuntergang rötlich schimmernden Felsen, denen die Besucher ihre ganze Aufmerksamkeit schenkten.

Das Licht wurde schwächer, die Menschen weniger und die jungen Falken gaben ihre Flugübungen auf. Und auch der Wind blies auf einmal nicht mehr so stark. Der Sonnenuntergang stand kurz bevor, die dunkelgelbe Scheibe berührte fast das Meer.

Sie legte den Block beiseite, steckte den Stift weg und zündete sich eine Zigarette an. Sie hatte sich überlegt, den letzten Bus passieren zu lassen. Dann wäre sie allein bei der Vollendung ihres Planes.

»So, fertig.«

Sie ging ein paar Schritte, vom langen Sitzen waren ihre Beine fast taub. »Dass die hier aber auch keine Bänke haben.« Nur das Klatschen der Wellen unterbrach die abendliche Stille.

José sah von der Anhöhe aus auf die Frau, die ihm den ganzen Nachmittag nicht aus dem Sinn gegangen war. Stundenlang hatte er zugesehen, wie sie in ihr Schreiben vertieft war. Seit er wusste, dass sie die weite Reise hierher gemacht hatte, um sich von ihrem Leben zu befreien, wusste er, was er zu tun hatte. Wie fatal ein falscher Schritt enden konnte, allerdings auch.

Er sah sie wenige Meter vom Abgrund entfernt die Klippe entlang gehen. Manchmal blieb sie stehen und sah über das Meer zur Sonne, die schon zur Hälfte im Meer versunken schien. Lange Schatten wuchsen an den Felsen weit draußen, als ob sie ihre Hände nach ihr ausstreckten. Sie kehrte langsam von der Landzunge mit dem Pfeiler zurück.

José atmete hörbar aus.

Er musste ihr ein Stück entgegenfahren, sonst wäre alles umsonst gewesen! José fuhr den Pfad entlang. Manchmal blieb er mit den Reifen fast im lockeren Sand stecken und einmal wäre er beinahe zu Fall gekommen. Die Klippenkante war nur wenig Meter weg und im lockeren Grün hätte er sich nicht halten können.

»Das ist noch mal gut gegangen. Wenn ich jetzt hier stürze, geht es abwärts.«

Dann sah er Johanna hinter einem Felsen verschwinden. »Hoffentlich … Da ist sie ja!«

Erleichtert stemmte er die Hände in die Reifen und schob sich die kleine Anhöhe hinauf. Schwer atmend verfolgte er ihren gefährlich nahen Weg. Irgendwas ließ ihn hoffen.

Wenige Meter trennten sie noch in der Dämmerung. José war drauf und dran, ihren Namen zu rufen. Doch schien es ihm nicht der richtige Moment. Sein Puls pochte und nur mit Mühe hielt er sich zurück. Plötzlich blieb Johanna stehen. Sie blickte in die untergehende Sonne und atmete schwer. Ihre Schultern hoben und senkten sich. Josés Atem stockte. Die sichtbare Sonne war auf die Größe einer Perle geschrumpft, jetzt blieb nicht mehr viel Zeit. Seine Arme brannten, doch unermüdlich schob er sich an sie heran.

Im letzten Licht des Tages setzte sich Johanna auf die Kante zwischen Leben und Tod. José sah, dass sie weinte. Tränen tropfte auf den Kragen ihrer Bluse. Sie hatte die Hände in das dürre Gras gekrallt und schien zu warten.

José schob sich neben sie, legte die Bremsen an und streckte seine Hand aus. Sie blickte nur kurz auf, dann nahm sie wortlos seine Hand und drückte sie ganz sanft.

ENDE

Leserrezensionen, Amazon-Buch

– Ein gelungenes und lesenswertes Buch.

– Es ist ein wunderschön geschriebenes zu Herzen gehendes Buch.

– Es ist eine einfühlsam erzählte Geschichte aus dem wahren Leben. Besonders die innere Zerrissenheit der Protagonistin ist absolut nachvollziehbar. Doch am Ende bleibt die Erkenntnis: Es ist gleichgültig, wen du liebst, wenn du es mit ganzem Herzen tust. Und das gilt für Jedermann (und jede Frau).

als Print oder E-Book im Buchhandel
ISBN 978-3-7412-0821-8

»Oma Marthas Märchenbuch – Sie hat mir das Schreiben vererbt und eine Handvoll nie veröffentlichter Geschchten.« Erhältlich einzig als Hardcover zum Vorlesen und Selberlesen.

Oma Marthas Märchenbuch – 100 Jahre »Es war einmal«, ISBN-13: 978-3-7357-8656-2

Der Bläuling und die Wasserjungfer – Tierische Geschichten, ISBN-13: 978-3-7412-7402-2

Katharina Kraemer

**Der falsche Rinderhirte
in der wilden Puszta**

Kurzes
und Kürzeres

»Der falsche Rinderhirte in der wilden Puszta«
ISBN-13: 978-3-7412-7244-8